JEAN-CHRISTOPHE TIXIER

TRAQUÉS
SUR LA LANDE

RAGEOT

Le feuilleton des Incos

Cet ouvrage a été imprimé sur un papier
issu de forêts gérées durablement,
de sources contrôlées.

IMPRIM'VERT
Votre imprimeur agit pour l'environnement

Couverture : Sébastien Pelon

ISBN : 978-2-7002-5096-1

À Stéphane.

LA FAUTE DES UNS...

Août 1934

– Ferdol ! Ici, vite ! aboya le gardien dans l'immense réfectoire où étaient rassemblés la centaine de garçons.

En un instant, un pesant silence remplaça les bruits de cuillères raclant avec soin le fond des écuelles en fer de ceux qui avaient été servis en premier.

À l'autre bout de la tablée, Gab jeta un regard désolé à la soupe claire à peine tiède qu'il venait d'entamer. Bientôt, elle serait froide.

À sa droite, celui qu'ils appelaient tous le Ventre à cause de sa faim permanente avait aussi cessé de manger. Signe que le ton du gardien annonçait le pire.

Toutes les paires d'yeux étaient tournées vers Ferdol. Qu'avait-il fait pour déclencher de telles foudres ?

Le gardien, surnommé le Bourreau, se tenait au centre de la pièce. Debout sur une estrade, il gardait un œil sur chacun et veillait, comme l'exigeait le règlement, à ce qu'aucun mot ne soit échangé durant le repas. Poings sur les hanches, le poitrail gonflé, il avait un léger rictus qui déformait sa bouche, trahissant le plaisir qui déjà l'habitait.

Ferdol allait passer un sale quart d'heure.

À peine les nouveaux débarquaient-ils sur l'île que les autres les mettaient en garde contre le Bourreau. Gab se remémora les nombreuses histoires dont on l'avait abreuvé à son sujet, cinq ans plus tôt, lors de son arrivée au bagne de Belle-Île. Il avait douze ans.

On prétendait le Bourreau directement responsable de plus de la moitié des décès survenus dans la colonie pénitentiaire. Au début, Gab avait cru à une légende destinée à impressionner les gamins de son espèce, mais il avait vu sa brutalité à l'œuvre.

– Ici, j'te dis ! Vite ! fulmina le Bourreau.

Vite ! Cette injonction était accolée à tous les ordres ou consignes aboyés par les gardiens.

L'écho de sa voix gronda longtemps dans l'immense salle où tous étaient figés.

Inquiet, Gab regarda ses compagnons de tablée.

Face à lui, le Lion enfonça sa tête dans les épaules, le temps que passe l'orage. Il redoutait les tensions. Plus qu'un lion, il évoquait un petit chat craintif.

Comme Gab, il avait dix-sept ans, toutefois, au lieu de s'endurcir avec les années, il avait sombré dans une fragilité toujours plus solitaire et distante. Gab était un des seuls à parvenir à lui tirer quelques mots.

Le Lion était là depuis l'âge de huit ans et avait été condamné à y rester jusqu'à sa majorité de vingt et un ans.

De sa coiffure flamboyante qui lui avait valu son surnom, Gab n'avait entendu parler que de ses longues boucles, dont on racontait que les plus grands s'étaient disputé les mèches après que le coiffeur lui avait taillé la boule à zéro le lendemain de son arrivée.

– Ça sent mauvais pour Ferdol, murmura le Râleur à la gauche de Gab sans même desserrer les lèvres.

Au fil des ans, le Râleur avait développé une technique qui lui permettait de braver l'interdiction de parler sans se faire repérer. Il avait essayé de l'apprendre à Gab, en vain. Cet échec avait eu le mérite de les rapprocher. Lui et le Lion étaient ses deux seuls amis.

Avec les autres colons, Gab demeurait en retrait. Afin d'éviter de tomber sous la coupe des caïds, il maintenait un subtil équilibre en leur laissant croire qu'ils étaient les plus forts, tout en montrant un minimum d'agressivité. Cette apparente neutralité suscitait un certain respect, qui lui valait de vivre à peu près paisiblement. Bien sûr, comme chacun ici, Gab avait des ennemis.

Par les fenêtres étroites du réfectoire, le soleil encore haut à cette heure dardait ses rayons sans parvenir à égayer l'endroit. L'humidité et le salpêtre maculaient les murs d'étranges motifs que le jeu d'ombres rendait sinistres et menaçants. D'année en année, les taches grignotaient l'espace, prêtes à dévorer les jeunes prisonniers dès qu'elles en auraient terminé avec la bâtisse.

Indifférent à tout ce qui l'entourait, Ferdol se leva et fit un pas de côté.

Il devait avoir treize ans, peut-être quatorze. Comme la plupart des colons de son âge, il était petit et ne dépassait pas le mètre trente. La nourriture infecte et insuffisante les rendait tous rachitiques.

Prenant soin de ne croiser aucun regard, le garçon effaça les quelques mètres qui le séparaient de l'estrade, puis grimpa trois marches pour rejoindre le Bourreau. Obéissant au règlement, il se mit au garde-à-vous, fit claquer avec outrance ses sabots sur le sol.

Guettant la gifle magistrale qui viendrait fouetter le visage de Ferdol, Gab cessa de respirer.

– Qui t'a autorisé à mordre dans ton fromage avant d'avoir terminé ta soupe, espèce de bon à rien ? rugit le Bourreau.

À chaque extrémité de la salle se tenait un gardien. Celui que tout le monde appelait le Petit Caporal ricana tandis que la Teigne, indifférent, appuyé au mur pour garder l'équilibre, grattait son gros nez violacé.

– De la soupe ? défia Ferdol sans lâcher le gardien du regard. J'appelle ça du jus de chaussettes sales.

Il y eut quelques rires nerveux, qui aussitôt cessèrent. Tous les yeux s'arrondirent. Cette réponse valait une à deux semaines de cachot.

Était-ce cela que Ferdol cherchait ? L'obscurité, l'isolement et le pain sec pour s'extraire des corvées, des brimades et des insultes des gardiens ?

De surprise, le visage du Bourreau vira au rouge vif.

– Petite ordure ! Tu veux jouer au plus malin avec moi ? J'en ai maté des plus durs, sale vermine.

Et il balança son poing dans le ventre du provocateur.

Sous la violence du choc, le garçon se plia en deux, puis s'effondra sur le sol.

Un « oh » d'effarement traversa la salle, vite étouffé par le doigt accusateur que le Bourreau pointa dans un mouvement circulaire vers eux tous.

Il détenait le pouvoir. Celui de dispenser *sa* justice. Une justice dont il puisait les obligations dans le règlement, qu'il appliquait à sa manière. Reprenant à son compte les propos du directeur qui affirmait que « sans l'ordre et la discipline, l'espoir de remettre les colons dans le droit chemin n'existe pas », il veillait à ce que chacun file droit.

Une fois que le Bourreau avait rappelé le règlement, il frappait. Des gifles, des coups de pied, des coups de clés, sans jamais chercher à se contrôler.

Rares étaient ceux à y avoir échappé.

D'un geste mécanique, Gab passa une main sur son front moite, suivit du doigt une cicatrice ancienne.

« Salaud », pensa-t-il en jetant un regard noir au Bourreau.

Ferdol reçut un coup de pied dans les côtes. Le suivant explosa son arcade sourcilière.

– Pitié !, hurla-t-il en protégeant son visage de ses mains.

Entre ses doigts coulait du sang.

Un sourire cruel aux lèvres, la Teigne et le Petit Caporal approchèrent en roulant des épaules. Afin de garantir le calme, ils distribuèrent des sanctions à ceux qui déjà se levaient.

– Quinze jours de mitard !

– Corvée de sable !

Au sol, Ferdol gémissait.

– Tais-toi, mauvaise graine, lui intima la Teigne en le frappant à son tour.

Rendu pataud par l'alcool dont il était imbibé, il rata sa cible.

Un sourire moqueur aux lèvres, le Petit Caporal cogna Ferdol. Cette fois-ci, tous entendirent craquer un os.

Révulsé, Gab sonda ses compagnons du regard. Les plus âgés avaient un compte à régler avec un des gardiens au moins.

Encouragé par les bouillonnements de colère qui mouillaient leurs yeux, Gab renversa son écuelle sur le bois et la frappa avec sa cuillère.

Ses compagnons de tablée l'imitèrent, et un vacarme assourdissant emplit le réfectoire. À une autre table, les plus jeunes avaient retiré leurs sabots et en martelaient le plateau de toutes leurs forces.

Malgré la faim qui tenaillait leurs estomacs, ils visèrent les gardiens avec le pain et les morceaux de fromage.

Loin d'être impressionnés, ceux-ci redoublèrent de violence sur Ferdol.

– Ils vont le massacrer ! s'insurgea Gab en se mettant debout. Bousillons-les avant !

Alors que les premiers lui emboîtaient le pas, poing brandi, les hésitants se tournèrent vers les caïds, quémandant un signe de leur part pour se joindre au mouvement.

L'occasion était trop belle et le risque trop grand de laisser la mutinerie leur échapper et saper leur autorité. Aussi la demi-douzaine de meneurs que comptait la colonie pénitentiaire se leva d'un coup, et chacun encouragea ses fidèles à prendre part à l'émeute.

Dans un cri sauvage où se mêlaient enthousiasme et colère, une tornade de violence renversa tables et bancs.

– Reculez ! Ou ça finira mal pour vous aussi ! menaça le Bourreau.

Avant qu'il n'attrape son sifflet pour appeler du renfort, deux fondaient sur lui, avec un banc qu'ils abattirent sur son crâne. Les yeux révulsés, le gardien tangua puis s'affala sur le bois de l'estrade au milieu des hurlements de joie.

Pour éviter que Ferdol soit piétiné, deux garçons le tirèrent à l'écart.

Tandis qu'un groupe empêchait la retraite de la Teigne et du Petit Caporal, d'autres amoncelèrent tables et bancs pour boucher l'accès à la cour. D'autres encore brisèrent des fenêtres. Des fenêtres placées si haut qu'elles ne permettaient pas aux colons de voir l'extérieur, à part un bout de ciel.

En cinq ans de bagne, Gab n'avait jamais assisté à un tel déchaînement.

Il y avait eu des contestations, qui s'étaient toutes soldées par de longs séjours en cellule d'isolement, mais même dans leurs rêves les plus fous, ils n'avaient osé rêver pareil mouvement.

La colonie pénitentiaire de Belle-Île était peuplée de quelques meurtriers, de nombreux voleurs et, en grande majorité, de garçons qui avaient eu pour seul tort d'avoir été confiés à l'assistance publique juste après leur naissance. Des garçons qui n'avaient eu d'autre choix que de vagabonder, de chaparder pour se nourrir et, pour échapper aux mauvais traitements, de fuir les familles dans lesquelles ils avaient été placés.

Gab était de ceux-là.

Par les fenêtres brisées pénétra un vent capricieux, chargé des parfums puissants de la lande proche, conjugués aux effluves iodés de l'océan. Plus fort que les odeurs de crasse et de vieille sueur mêlées, ce vent avait le goût singulier de la liberté.

Cela décupla les forces de Gab.

Il saisit un banc, en frappa une table pour le briser.

La cassure effilée du bois constituait une arme terrible, qui le fit frémir. Puis, sans plus se poser de questions, il fonça vers les deux gardiens encore debout.

Autour d'eux s'était formé un cercle, où chacun semblait décidé à venger des sévices, brimades, insultes et attouchements subis au cours des longues années d'internement.

Personne ne se souciait d'après.

Que pouvait signifier *après* quand on était là depuis dix ou douze ans pour certains, avec la certitude d'y demeurer jusqu'à dix-huit ans, voire même vingt et un ans pour beaucoup ?

La rage appartenait à l'instant. Un débordement incontrôlable, nourri par des années de mauvais traitements et de privations.

Jouant des coudes, Gab prit place dans le cercle.

– On va vous faire la peau ! hurla l'un.

– Vous finirez tous au cachot, rétorqua la Teigne d'une voix qui empestait le mauvais vin.

– Votre tour est venu, menaça un autre garçon. Au nom de tous ceux que vous avez crevés.

Les deux gardiens se tenaient dos à dos, tournant sur eux-mêmes pour garder en permanence un œil sur cette masse compacte de crânes rasés.

La peur était en train de changer de camp.

De l'estrade juste derrière eux bondit le Râleur, un pied de table à la main. Il l'abattit sur la tempe du Petit Caporal, qui bascula en arrière. Dans un geste de victoire, il brandit son arme, qui lui échappa quand la Teigne le frappa à l'épaule. Le Petit Caporal en profita pour reprendre son équilibre, saisit le pied de table et pivota, bras en avant, pour frapper toutes les têtes qui se trouvaient à sa portée.

Aussitôt le cercle s'élargit.

Surgissant dans son dos, deux garçons agrippèrent le gardien par le cou tandis que d'autres lui cisaillaient les jambes pour le faire tomber à la renverse.

À son tour, Gab se jeta sur le Petit Caporal, planta l'extrémité de sa planche effilée dans sa paume, lui tirant un hurlement de douleur.

Une dizaine de colons qui avaient hâte d'en découdre se précipitèrent pour l'immobiliser, lui assenant au passage une série de coups.

– Voilà ce qu'elles te disent, les vermines !, se défoula l'un en tordant violemment ses oreilles.

Le Petit Caporal couina comme un cochon qu'on égorge. Sa bouche grande ouverte fut comblée par une tunique qu'un colon avait retirée puis roulée en boule. Le goût âcre de la crasse lui tira un hoquet de dégoût.

Les garçons qui le chevauchaient éclatèrent de rire.

L'un d'eux lia ses poignets dans son dos, un autre fit de même avec ses chevilles.

Gab s'élançait pour prêter main-forte aux assaillants de la Teigne quand une main saisit son épaule.

– Ne reste pas là ! Le Cogneur rassemble ses gars. Il veut te faire la peau.

Gab leva les yeux vers son informateur, comprit qu'il ne plaisantait pas.

Les fauves étaient lâchés. Le temps des règlements de comptes était arrivé.

UN CAILLOU DANS LE SABOT

Aël contempla son reflet dans le petit miroir ébréché. À ses pieds, le seau d'eau tiède fuyait sur le sol de terre battue, mouillant le bas de sa robe.

Comme chaque jour à cette heure, après avoir rentré les moutons et puisé l'eau au puits, elle se préparait avec soin.

Son père avait jugé inutile qu'elle s'instruise, certain qu'un pharmacien, un notaire ou un des nombreux médecins en séjour sur leur île lui demanderait sa main, pour lui-même ou l'un de ses fils. Peu importait.

Il espérait que dans un futur proche, Aël partirait vivre sur le continent, qu'ainsi il aurait une chance de retourner habiter sur la vraie terre, maudissant Belle-Île qui ne lui avait rien apporté de bon.

Résultat, à dix-sept ans, Aël savait à peine lire et écrire, et subissait toujours les colères paternelles. Sans rechigner.

La seule fois où elle avait voulu s'opposer, elle avait reçu une tannée et quelques coups de ceinture dont sa peau gardait la cruauté de la morsure.

Elle éloigna ce souvenir et se concentra sur sa tâche. L'heure tournait, il allait bientôt rentrer. Avec vigueur, elle brossa ses mains pour effacer toutes les traces de terre. Elle inspecta ses ongles, puis ses paumes.

Le frottement de la corde du puits et les tâches ménagères rendaient ses doigts rêches. Elle avait honte de ses mains, qui ressemblaient à celles de sa mère. Elle se sentait déjà vieille. Heureusement, son abondante chevelure rousse attirait avant tout le regard. Aël enfouissait toujours ses mains dans ses poches et souriait.

– T'es encore là ? râla son père qu'elle n'avait pas entendu arriver.

Concentrée sur le ruban qu'elle nouait dans ses cheveux, Aël ne répondit pas.

– À cette heure, ils sont déjà tous en train de se pavaner, lança-t-il. Bientôt, ils auront tellement picolé qu'ils ne parviendront plus à distinguer une fille d'un mouton.

Aël s'abstint de répondre.

Dans quelques minutes, elle prendrait le chemin du Palais, le principal port de Belle-Île-en-Mer.

Le lieu de tous les espoirs de son père. Celui où, escomptait-il, elle trouverait un mari.

Aël s'y rendait volontiers, vivant ces quelques heures comme un moment de liberté où elle échappait à sa mainmise.

Ainsi elle lui offrait le profil d'une fille sage, obéissante, et prenait bien soin de ne rien dévoiler de sa personnalité.

Aël recula d'un pas, vérifia son allure dans le miroir. Elle retoucha ses cheveux, lissa son col et, satisfaite, passa devant son père avant de gagner la porte.

– Dépêche-toi et ne rentre pas trop tard, grogna-t-il dans son dos. Et ramène du Palais un peu de tabac pour ma pipe.

Elle l'entendit roter, puis cracher sur le sol.

Le chien jappant à ses côtés, Aël remonta le chemin. Avec la sécheresse des derniers jours, ses sabots étaient couverts de poussière.

À la jonction de la route menant au Palais, le chien fit demi-tour, regagna la maison. Quand elle contourna le bosquet de chênes qui dominait la longue pente menant à la falaise, elle sut qu'elle avait échappé au regard de son père et sourit de soulagement.

Plus loin, alors qu'elle passerait au pied de la grande croix blanche érigée à la croisée des routes de la pointe du Fort et de la Ramonette, il pourrait de nouveau l'apercevoir quelques secondes. Patienterait-il cette fois sur le pas de la porte pour vérifier qu'elle ne traînait pas ?

Aël s'en moquait.

Un vent timide soufflait du large, poussant dans le ciel quelques nuages inoffensifs. Sur le bas-côté, des graminées dansaient avec grâce.

Ce mois d'août était ensoleillé, sec, et rendait les touristes heureux.

Que viennent-ils trouver ici ? se demanda-t-elle en arrachant une herbe qu'elle porta à sa bouche pour profiter de son léger goût sucré.

Pour elle, Belle-Île n'était qu'un rocher perdu sur l'océan, battu par les vents, maltraité par les tempêtes de la mauvaise saison.

Sans ralentir sa marche, Aël contempla l'immensité bleue qui fracassait son élan sur les falaises abruptes. Au ras de l'eau, mouettes et cormorans jouaient avec les courants. Un instant, elle les envia. Eux qui pouvaient s'affranchir des distances. Eux pour qui l'océan ne constituait pas une frontière.

Elle emprunta l'étroit raidillon, se signa devant la croix blanche au cas où son père l'observerait puis fit quelques pas avant de s'asseoir, comme chaque jour à cette heure, sur le gros bloc de granite gris qui semblait surgi de nulle part.

Elle défit sa chausse, mit son pied à nu et glissa dans son sabot un petit caillou rond. Sans parvenir à réprimer un sourire, elle se rechaussa et se remit en marche.

Comme prévu, le caillou maltraita son pied, la forçant à boiter.

Aël rêvait de quitter cette île, mais jamais elle ne le ferait au bras d'un mari qu'elle n'aurait pas choisi. Encore moins à celui d'un de ces notables bedonnants qui empestaient la suffisance et le cigare.

Aussi elle avait mis au point ce stratagème. Même si sa chevelure et son joli minois attiraient les regards, sa légère claudication calmait les ardeurs des plus entreprenants.

Qui allait demander la main d'une boiteuse ?

Au loin, elle aperçut les murailles de la citadelle qui dominait le port du Palais. Elle imagina les canons tonnant pour faire barrage à l'ennemi, un ou deux siècles plus tôt, elle ne savait pas très bien, et esquissa une grimace. Ces murs étaient hauts, froids, formant des angles qui évoquaient la brutalité de la guerre.

Très vite, elle vit la longue jetée puis les bateaux de pêche qui, à cette heure, étaient tous rentrés au port.

Elle s'arrêta, scruta l'horizon à la recherche des côtes de la presqu'île de Quiberon, mais une légère brume unissait l'océan et le ciel dans une même teinte.

Sur la route, une voiture approcha, laissant derrière elle un panache de poussière grise.

D'un geste arrogant, le conducteur lui intima de se mettre sur le bas-côté et, au passage, lui jeta le regard hautain de ceux qui se sentent importants, au prétexte qu'ils transportent un passager influent.

De son bras, Aël protégea sa bouche et son nez, eut à peine le temps d'apercevoir, par la lunette arrière, un visage rond surmonté d'un canotier clair.

Elle laissa s'éloigner le véhicule, puis le vent dissiper la poussière, et se remit en marche non sans maudire le chauffeur.

Par les fenêtres des tavernes bondées, se déversaient les cris et les rires de pêcheurs et de touristes mêlés qui inondaient la rue. Des élégantes, accrochées au bras de leur mari, se promenaient en veillant à ce que le vent n'emporte pas leur ombrelle. Par petits groupes, des habitantes du Palais, dans leur tenue traditionnelle surmontée d'une haute coiffe, s'amusaient de cette proximité entre riches étoffes, vareuses de pêche et restes de poissons avariés.

Quand Aël croisait une de ces touristes, elle s'arrangeait pour se trouver à sa hauteur et inspirait profondément afin de capter une bouffée de parfum.

Durant un peu plus d'une heure, elle arpenta la rue et la jetée, laissant un brin de conversation ou le murmure du froissement d'un tissu précieux l'embarquer dans des rêveries sans fin.

Aël s'apprêtait à remonter le quai pour la seconde fois quand une bourrasque plus forte lui apporta le bourdonnement de la cloche de la citadelle au loin. Elle leva les yeux en direction des hautes murailles, ne vit rien. L'instant d'après, le bruit des vagues recouvrit l'espace.

Elle avisa un marchand de tabac, acheta le petit paquet gris provenant de la manufacture de Morlaix pour son père.

– Vous avez entendu la cloche ? demanda-t-elle.

L'homme posa sur elle un regard étonné. Était-elle la seule à avoir capté le signal d'alarme ? Avait-elle rêvé ?

Aël glissa la blague à tabac dans sa poche, reprit son chemin.

Soudain, au bout de la rue, un flot pressé de gens vida une taverne, puis ce fut le tour de celle d'à côté, et ainsi de suite jusqu'à elle, comme une traînée de poudre.

Les pêcheurs, dont certains titubaient, gagnaient leur embarcation, laissant les touristes bouche bée et hésitants sur la conduite à tenir.

– Rentre vite ! intima à Aël un lointain cousin de sa mère, qui habituellement ne lui adressait jamais la parole. Il y a du grabuge là-haut.

Elle leva les yeux vers la citadelle. Collé à celle-ci se trouvait ce que chacun appelait ici le bagne, qui portait officiellement le nom de colonie pénitentiaire. À plusieurs reprises, en se rendant au champ que son père possédait sur la route de Sauzon, elle était passée devant le lourd portail grenat sur lequel était vissée une plaque portant l'inscription :

Ministère de la justice
Colonie pénitentiaire

Au-dessus, flottait le drapeau tricolore.

Une fois, guidée par l'espoir que le portail s'ouvrirait pour satisfaire sa curiosité, Aël s'était arrêtée. Il était resté désespérément fermé.

On disait le pire des colons. Elle ne les voyait qu'une fois l'an, quand ils défilaient en rangs serrés avec leurs instruments de musique pour la sainte Cécile.

Dans leur tenue de matelots, avec leurs souliers propres, ils avaient l'air inoffensifs. Certains, comme l'instituteur, sous-entendaient même au détour d'une phrase qu'ils étaient maltraités.

– Du grabuge ? demanda Aël en tentant de retenir le cousin par la manche.

– Oui, une révolte au bagne.

– Où courez-vous tous ?

– Mettre nos barques et nos bateaux à l'abri au large. Si ces gredins parviennent à s'échapper, ils pourraient être tentés de nous les voler pour gagner le continent.

Interloquée, Aël demeura immobile.

– Rentre chez toi, insista le cousin. Ces monstres sont prêts à tout.

... LA FUITE DES AUTRES

Les trois surveillants étaient dans un sale état.

Alors qu'un groupe terminait de les ligoter, Gab fit défiler dans sa mémoire ce qui l'opposait au Cogneur. Une suite d'embrouilles, de traîtrises et d'incompréhensions alimentées par la mauvaise foi des uns et tous les racontars des autres, qui voyaient là l'occasion de s'attirer les bonnes grâces du meneur, ou de passer pour importants.

L'heure était venue pour le Cogneur de régler ses comptes. Le connaissant, Gab savait que rien ne lui ferait entendre raison.

Il chassa vigoureusement ces pensées. Afin de rester à couvert le temps d'évaluer la situation, il s'agenouilla entre deux tables renversées.

L'issue menant à la cour était bouchée par un amoncellement de tables et de bancs empilés. Si des renforts de gardiens arrivaient, il ne leur faudrait pas bien longtemps pour défoncer cette barricade de fortune.

Dans un coin, recroquevillé, le nez dans ses genoux et les bras enroulés autour de sa tête, le Lion. Non loin de lui, un groupe de petits barbouillaient les murs avec les restes de soupe. Comprenaient-ils ce qui se jouait ? Gab en doutait.

Derrière l'estrade, deux garçons se battaient, encouragés par d'autres qui hurlaient pour attiser leur agressivité.

Le spectacle qui se déroulait sous ses yeux désolait Gab, sans vraiment l'étonner. Avec l'enfermement, ils étaient en train de devenir des bêtes sauvages.

Enfin, il repéra le Cogneur. Entouré de deux de ses sbires, il fouillait chaque recoin, questionnait les uns, bousculait les autres. Il le cherchait.

La cicatrice qui barrait sa joue rehaussait son air mauvais. Son regard plein de méchanceté en disait long sur la manière dont il confiait à ses instincts le soin de gouverner sa vie. Une vraie tête de brute, avait professé l'aumônier.

À son arrivée au bagne de Belle-Île, trois ans plus tôt, le Cogneur s'était vanté d'avoir tué l'amant de sa mère, au motif qu'il les battait, puis d'avoir assommé deux gardiens lors d'une tentative d'évasion d'un centre pénitentiaire de la région parisienne. Au début, on ne l'avait pas cru, ce qui lui avait valu le surnom de Menteur.

Quelques bagarres plus tard, le Cogneur avait gagné le respect du plus grand nombre et son surnom avait changé. Alors, pour éviter d'éventuels ennuis, une dizaine de gars avaient fait corps autour de lui, prêts à exécuter toutes les basses œuvres pour son compte.

Gab avisa le Râleur, lui fit signe d'approcher. Sur son avant-bras était tatoué « *Râleur toujours* ».

D'un mouvement de menton, Gab désigna le Cogneur.

– Ne restons pas là. Si ce n'est pas lui, ce sont les gardiens qui nous feront la peau. Filons.

Le Râleur déglutit, grimaça et plissa un instant les yeux pour se concentrer.

– Tu proposes quoi ?

– Il faut récupérer les clés.

Le Râleur jeta un œil au Bourreau.

– Charge-t'en, poursuivit Gab. Pendant ce temps, je rassemblerai une dizaine de gars. Ça rendra notre départ plus discret. Plus nous serons nombreux dehors, plus il sera difficile de remettre la main sur nous.

Sans un mot, le Râleur traversa la salle, évita les bagarres et ceux qui passaient leur rage en cassant tout ce qu'il restait à casser.

Toujours accroupi dans les restes de nourriture, Gab s'avança vers un groupe de gamins qui ne faisaient pas partie des durs et des violents. Des gamins dont les familles s'étaient débarrassées, ou qui simplement avaient mendié et volé, ou bien s'étaient échappés des fermes où on les avait placés, car ils y étaient traités en esclaves.

Gab les aimait bien.

– On met les voiles, annonça-t-il. Vous en êtes ?

Une lueur illumina le regard noir du plus grand.

– Un peu, qu'on en est ! J'en crève, de cet endroit pourri, déclara-t-il en désignant la salle d'un mouvement sec du menton, une moue dégoûtée accrochée aux lèvres.

– Comment t'appelles-tu ?

Il tira sur sa chemise, montra fièrement le tatouage sur son torse.

– Le Corse !

– Et vous ? demanda Gab aux autres.

– Ils sont avec moi, affirma le Corse.

– Le Râleur est allé récupérer le jeu de clés du Bourreau. Nous fuirons par là.

De la main, Gab indiqua la porte par laquelle arrivaient les gamelles de nourriture.

– Pourquoi pas directement par la cour ? Les copains sont en train de libérer l'entrée.

Gab se retourna. À plusieurs, ils déplaçaient les bancs et les tables rassemblés un peu plus tôt. Prêts à débouler à l'extérieur une fois l'accès dégagé, ils étaient une trentaine, que d'autres rejoignaient.

– Les matons doivent déjà nous y attendre. Et la cour n'offre aucune cache.

Le Corse réfléchit un instant.

– Les gardiens ne pourront tous nous retenir. Ils seront au maximum une dizaine, nous plus de cent. Certains passeront forcément à travers les mailles du filet.

– C'est trop risqué, lui opposa Gab. Je ne veux pas mettre mon destin entre les mains du hasard.

Convaincu, le Corse approuva de la tête.

– Vous allez vous approcher de la porte et attendre, sans donner l'impression de vouloir la franchir, leur intima Gab. Dès que le Râleur reviendra avec les clés, on vous rejoindra.

Alors qu'ils s'éloignaient, Gab chercha sans succès le Cogneur. Ses deux acolytes, un peu plus loin sur la gauche, jouaient des coudes pour vérifier que Gab ne se trouvait pas mêlé au groupe prêt à surgir du réfectoire.

– Gab les yeux gris, grinça soudain la voix du Cogneur dans son dos.

Il frissonna. Se contraignit à respirer calmement, pivota pour lui faire face.

– J'ai toujours pensé qu'un de nous deux était de trop ici.

En signe d'apaisement, Gab leva ses mains à hauteur d'épaules. Il n'aimait pas la lueur qui brillait dans l'œil du meneur.

Le Cogneur arma le bras qu'il cachait derrière son dos. Il serrait dans son poing protégé par un chiffon un éclat de verre de la taille d'un couteau de boucher.

– Ce n'est pas ce soir que tu prendras l'air, menaça-t-il. Ni avant longtemps.

Le Cogneur avança, dessina de son arme des Z dans les airs.

Si Gab reculait, il perdrait le contrôle de la situation. Aussi il se campa sur ses deux pieds, positionna ses bras en croix devant lui pour s'apprêter à parer. Le Cogneur fit un nouveau pas. Gab fonça sur lui. Surpris, l'autre visa son flanc. D'un mouvement vif, Gab esquiva la lame et, du tranchant de la main, frappa son agresseur au niveau de la pomme d'Adam.

Le Cogneur encaissa le coup sans broncher, saisit le bras gauche de Gab, le tira dans son dos dans une violente torsion. La douleur lui tira une grimace. Pour se dégager, il chercha à balayer la jambe de son agresseur. Mais, de sa lame de verre, celui-ci visait déjà sa gorge. De sa main libre, Gab saisit son poignet, le maintint à distance et poussa sur ses jambes pour le plaquer contre un mur.

Autour d'eux, un maigre cercle s'était formé.

– Saigne-le ! hurla l'un.

– Nos ennemis, ce sont les gardiens, tenta un autre.

Quand ils heurtèrent le mur, Gab visa l'estomac de son adversaire avec son coude et, de l'épaule, donna de grands coups dans sa mâchoire pour que sa tête bute sur le crépi. Les muscles de son autre bras étaient tétanisés. S'il lâchait, la lame pénétrerait dans sa chair. Gab tenta une ruse, se laissa tomber au sol. De surprise, le Cogneur abattit son arme. Le morceau de verre trancha le tissu, transperça profondément l'épaule de Gab, puis s'ébrécha contre le mur.

Une vive douleur le submergea, irradia tout son dos. Il rassembla ses forces, roula sur le côté en se cramponnant à la jambe du Cogneur et le fit chuter. Il tira une des tables renversées qui bascula sur eux. Assommé, le Cogneur demeura suffisamment immobile pour que Gab puisse lui asséner un coup sur la tête.

– Finis-le !, l'encouragea un jeune colon qui ne devait pas avoir plus de douze ans.

Gab le fusilla du regard.

– T'as rien compris, cracha-t-il.

– Quoi ? demanda le gamin.

– Laisse tomber, lâcha Gab de dépit.

Pas le temps de s'expliquer.

Dans une grimace de douleur, il se releva, balaya des yeux le réfectoire, aperçut le Râleur qui courait vers lui, un large sourire aux lèvres.

Du revers de son poignet, Gab essuya la sueur qui perlait sur son front et bondit jusqu'à la porte où l'attendaient le Corse et ses gars.

– Qu'est-ce qui t'est arrivé ? s'inquiéta le Râleur.

Gab passa une main sur son épaule. Le sang mêlé au tissu formait un début de croûte souple qui masquait la blessure.

– Le Cogneur n'a pas réussi à me trancher la gorge.

Le Râleur sourit, brandit le trousseau de clés et se précipita sur la serrure.

Il essaya une première clé, puis une deuxième. Ses mains tremblaient.

Quand, à la quatrième, la porte daigna enfin tourner sur ses gonds, une puissante odeur de rance s'échappa du couloir menant aux cuisines.

Soudain, une retentissante clameur envahit le réfectoire ; la porte donnant sur la cour était elle aussi ouverte.

– C'est le moment, s'enthousiasma Gab en poussant le Râleur. La diversion est parfaite.

Le Lion. Il l'avait oublié !

– File ouvrir la voie, j'arrive.

– Où vas-tu ?

– Le Lion est resté là-bas.

– Ne perds pas de temps avec lui, réagit le Râleur, il nous ralentira.

– À défaut d'avoir pu me faire la peau, le Cogneur s'en prendra à lui. Il sait que nous sommes amis. Récupérez de quoi manger dans les cuisines, je vous aurai rejoints.

Le Râleur le jaugea du regard.

– Filez, insista Gab.

Alors que la petite troupe s'engouffrait dans le couloir, il revint sur ses pas, fonça vers le Lion toujours recroquevillé dans son coin.

– Suis-moi, on va sortir de l'enfer, commanda-t-il en le tirant par le bras.

De la cour leur parvenaient les cris des colons, mêlés à ceux des gardiens qui tentaient de les stopper. La cloche sonnait à la volée. La répression allait commencer.

Comme s'il émergeait d'un profond sommeil, l'esprit baigné par un rêve un peu fou, le Lion tourna vers Gab un regard hébété.

– Lève-toi ! le pressa celui-ci d'un ton ferme.

Le Lion obéit. Le traînant presque, Gab se dirigea vers l'issue.

– Gab les yeux gris ! Je te retrouverai !

Alors qu'il pénétrait dans le couloir, il jeta un œil par-dessus son épaule. Des gars soutenaient le Cogneur. Il vit aussi deux gardes surgir dans le réfectoire.

– Là-bas, ils s'enfuient ! hurla le Cogneur en indiquant l'issue menant aux cuisines.

Au moment où, d'un coup de pied rageur, Gab fermait la porte derrière eux, il aperçut les deux surveillants foncer vers eux.

LE BUREAU DES FICHES

– Les gardes arrivent, sauvons-nous ! prévint Gab, essoufflé, en déboulant dans les cuisines.

Telle une nuée d'écureuils voraces, les petits chargèrent leurs bras de nourriture, fourrèrent dans leurs bouches affamées un ultime morceau de pain et se ruèrent vers la porte avec des sacs remplis de miches et de fromage.

– Il faut nous séparer, glissa le Râleur à l'oreille de Gab. Sinon ce sera trop facile pour eux.

Gab prit quelques secondes pour se rappeler la configuration des lieux. Quelques années plus tôt, il avait été affecté à l'intendance et avait circulé dans tous ces couloirs.

– Filez par là jusqu'à la lingerie, indiqua-t-il au Corse. Vous tomberez sur une petite cour où se trouve la réserve d'eau. En grimpant dessus, vous accéderez au mur d'enceinte.

D'un geste, le Corse rassembla ses troupes et fonça vers la courette.

– Gab, gagnons le quartier cellulaire, proposa le Râleur. C'est plus long, mais jamais les gardiens ne penseront que nous avons été assez idiots pour emprunter cette voie.

Alors qu'ils s'élançaient, deux gamins de l'entourage du Corse se précipitèrent à leur suite. L'un n'avait qu'une moitié du crâne rasée. Une humiliation parmi d'autres, pensa Gab. L'autre était haut comme trois pommes

Ils traversèrent l'obscurité des couloirs sans fenêtres, grimpèrent une série d'escaliers, redescendirent plus loin. Combien de fois avaient-ils parcouru ce chemin, en rang et en cadence, sous les cris des gardiens ? Chaque soir à heure fixe pour aller se coucher. Chaque matin pour aller vider leur vase de nuit dans la fosse et, trop rarement, pour gagner les douches. Durant ces déplacements, Gab avait pris l'habitude de compter ses pas. C'était pour lui une manière de tuer le temps, de se vider la tête et de faire taire sa révolte.

Alors qu'ils approchaient des dortoirs, ils s'arrêtèrent un instant pour écouter.

Seule la cohue extérieure leur parvint sous la forme d'un brouhaha lointain. On courait, on gueulait, on s'invectivait. Combien avaient réussi à fuir ? Le Cogneur était-il de ceux-là ?

Personne ne les poursuivait. Rassurés, ils reprirent leur course.

Gab progressait en se tenant le bras gauche. La douleur lancinante de son épaule blessée lui donnait la nausée. De fines gouttes de sueur perlaient sur son front.

Quelques minutes plus tard, ils longèrent le quartier des « pisseurs », comme les appelaient les gardiens. La forte odeur d'ammoniaque leur piqua le nez. Là se trouvaient les cellules de tous ceux qui souffraient d'énurésie. Pour éviter de salir leur literie et de sombrer dans un sommeil profond qui les aurait empêchés de sentir leur envie – c'était la théorie du directeur –, les « pisseurs » dormaient à même une planche de bois et certains sans couverture.

Ils prirent sur la gauche, pénétrèrent dans le dortoir, terme élégant pour désigner l'enfilade d'une soixantaine de cellules d'1,90 m sur 1,10 m environ, grillagées sur le devant. Pour eux, c'étaient des cages à poules.

Tout au fond se trouvait le poste du surveillant. Une vraie chambre celle-là ! Quand il ne buvait pas, il effectuait des rondes, prenant un plaisir sadique à faire claquer ses sabots sur le plancher pour les réveiller.

Gab entra dans sa cellule, récupéra dans un creux de sa paillasse une carte postale qu'il plia en deux et glissa dans sa poche.

En ressortant, il jeta un coup d'œil rapide à son matricule inscrit au-dessus de la porte :

5173

Ce chiffre lui donnait le vertige. Était-il le cinq mille cent soixante-treizième à avoir franchi la porte de ce bagne ? Une autre question suivait, tout aussi effrayante : combien après lui ?

Ils enchaînèrent les couloirs, passèrent devant le bureau du Premier Maître, dont la fonction se résumait à contrôler et punir.

Là, Gab fit signe à ses compagnons de s'arrêter.

– Il faut récupérer nos fiches, murmura-t-il.

– T'es malade ? le reprit le Râleur. On n'a pas de temps à perdre.

– Ces fiches contiennent un descriptif complet de chacun de nous, avec nos empreintes, notre taille, nos tatouages et nos cicatrices, qu'ils transmettront à toutes les gendarmeries de la région. De quoi nous reconnaître avec certitude en cas d'arrestation. C'est comme ça qu'ils m'ont repris la dernière fois.

L'argument fit mouche.

Sans même répondre, le Râleur arma son pied, donna un violent coup au niveau de la poignée. La porte céda.

– Tu sais lire ? demanda un des gamins.

– Suffisamment pour comprendre ce qu'ils racontent sur nous. J'ai appris dans une famille d'accueil. Quand il l'a su, le mari nous a battus, sa femme et moi. Alors je me suis enfui.

– J'ai jamais eu cette chance, commenta le second.

– Cachez-vous là avec le Lion, commanda Gab à la paire de gamins en leur désignant un recoin.

À la suite du Râleur, Gab s'engouffra dans le bureau, referma la porte derrière eux. Sur la table de travail, il s'empara d'un coupe-papier dont il se servit pour fracturer un à un les tiroirs. Le Râleur les fouilla, sans succès.

– Elles sont où, ces foutues fiches ? s'impatienta-t-il.

– Aide-moi à ouvrir cette armoire.

Pour faire sauter la serrure, Gab utilisa une règle en métal comme levier.

Face à eux, dans des boîtes en bois parfaitement alignées, étaient rassemblées toutes leurs histoires.

– On ne peut pas emporter toutes ces boîtes, constata le Râleur. Il faut…

– Laisse-moi réfléchir, le coupa Gab qui avait besoin de silence pour se concentrer.

Il cherchait à comprendre le mode de ce classement quand une voix lourde tonna dans le couloir.

– Qui va là ?

Dans la seconde, la porte du bureau s'ouvrit à la volée.

Le Gueulard se tenait dans l'encadrement.

Massif comme un bûcheron, il avait des bras puissants qui se terminaient par des mains ridiculement petites lui valant aussi le surnom de Bébé.

Sa chemise crasseuse collée à son ventre soulignait une musculature solide.

Gab et le Râleur reculèrent d'un pas. Ils étaient faits comme des rats.

Durant de longues secondes, le gardien les affronta du regard en silence.

– 5173 et 5403. Tiens donc ! On a eu peur de l'émeute alors on est venus se réfugier dans le bureau du Premier Maître, se moqua le Gueulard en singeant une voix enfantine. Comme c'est mignon.

Gab prit le parti de ne pas répondre.

– Mauvaise graine ! changea de ton le gardien. Je ne sais pas pourquoi l'État gaspille tout cet argent à essayer de vous remettre dans le droit chemin. Vous n'êtes que des bâtards qui ne donneront jamais rien de bon.

Gab serra les dents.

Il connaissait ce discours par cœur. Il l'entendait depuis son placement à l'assistance, alors qu'il venait d'avoir cinq ans.

Aux yeux de l'administration, avoir été abandonné par sa mère le désignait comme un futur délinquant qu'il fallait dresser.

Sans les quitter des yeux, le Gueulard défit son ceinturon, le fit claquer sur sa cuisse.

– Je vais vous faire regretter vos actes, menaça-t-il dans un rictus de satisfaction.

Gab se raidit. Le Gueulard ne plaisantait jamais.

– À moins que vous ne préfériez ça ?

De sa poche, il tira un sifflet qu'il glissa entre ses lèvres.

– Tournez-vous ! Et vite ! aboya le Gueulard.

Impuissants et dépités, les deux garçons s'exécutèrent. Dès qu'il sifflerait, l'alerte serait donnée, signant la fin de leur cavale. Gab jeta un coup d'œil par la fenêtre. Cette fois, il n'aurait même pas le temps de goûter à la liberté.

Quand le coup de sifflet strident déchira ses tympans, des images de cachot chassèrent ses rêves d'évasion. Mais le sifflement se changea en un léger chuintement, semblable au gazouillis d'un oiseau enroué.

Le temps que Gab se retourne, le Gueulard s'affaissait à terre, assommé, dévoilant la silhouette du Lion, un maillet à la main. Son visage était vide de toute expression.

– T'as trouvé ça où ? s'enthousiasma le Râleur.

Pour toute réponse, le Lion lâcha son arme et pivota sur lui-même pour regagner le couloir.

Au hasard, Gab saisit deux poignées de fiches qu'il fourra dans ses poches. Sur ses gardes, il enjamba le gardien puis se rua à la suite de ses compagnons.

Les bâtiments immenses semblaient sans fin. Mais plus ils y progressaient, plus ils s'éloignaient du cœur de l'émeute dont l'écho assourdi ne leur parvenait plus que par intermittence.

Tandis qu'ils s'empressaient de gagner les ateliers dont la cour arrière leur offrirait une sortie, ils passèrent devant l'échelle menant au quartier disciplinaire. S'ils se faisaient prendre, ils croupiraient d'interminables semaines dans ces cellules aveugles, nourris au pain sec et à l'eau.

Cette menace n'ébranla pas les certitudes de Gab. Le parfum de la liberté valait de courir tous les risques.

Dans les ateliers, le Râleur récupéra une corde parfaitement roulée, qu'il passa autour des épaules des petits. Sous le poids, le premier vacilla, déclenchant l'éclat de rire du second.

– Silence ou on vous laisse ici, menaça le Râleur.

Dans la seconde, chacun se ressaisit et aida l'autre à porter la corde.

Sur un mur, Gab décrocha deux lampes-tempête qui servaient aux gardiens pour les rondes de nuit.

Enfin, après avoir traversé les ateliers de timonerie et de voilerie, ils se retrouvèrent au-dehors.

Le jour déclinait. Un vent puissant venu du large soufflait en bourrasques, effilochant les nuages qui prenaient des teintes orangées, comme si le ciel s'embrasait.

La cloche sonnait toujours, rameutant les gardiens en repos qui vivaient tous à proximité de la colonie pénitentiaire.

Gab leva les yeux sur le bâtiment austère. Les murs gris suintaient les brimades et l'horreur. Ici, on prenait soin de tuer leur enfance et d'étouffer leurs espoirs.

Par-dessus le toit, il distingua le grand mât du navire-école échoué dans la cour principale. Gab se revit lors d'un exercice, grimpant à son sommet. La grandeur de l'horizon infini qui s'étalait face à lui avait emporté sa peur et sa sensation de vertige. Sourd aux injonctions de l'instructeur qui lui commandait de redescendre, il était resté de longues minutes à observer l'immensité de l'océan. Il avait payé cette désobéissance de deux semaines de corvée de sable.

Jamais il ne reviendrait ici. Il s'en fit le serment.

Le Râleur et le Lion aidaient les plus jeunes à grimper sur le mur. De son bras valide, il leur prêta main-forte.

Ils se laissèrent ensuite glisser à l'extérieur, avant de se réfugier dans un taillis frais et humide à l'ombre du haut mur.

– Nous bougerons dès que la nuit sera totale, indiqua Gab.

Cette phrase, lâchée pour rassurer la troupe, masquait ses craintes. Dans leurs tenues pâles de bagnards, même dans l'obscurité ils seraient vite repérés.

– On va attendre longtemps ? s'inquiéta un des gamins.

– Comment t'appelles-tu ?

– Tout le monde m'appelle le Morveux.

– Eh bien, le Morveux, murmura Gab d'une voix douce, ne te pose plus de questions et profite. Chaque seconde passée dehors est une seconde de liberté. Et c'est ce que l'on a de plus précieux.

LA PRIME DE VINGT FRANCS

Au moindre bruit suspect, Aël se retournait, avec la crainte de se retrouver nez à nez avec un des bagnards évadés. Son cousin avait réussi à lui flanquer la frousse.

À l'aide d'un bout de ficelle, sans cesser de marcher, elle lia ses cheveux pour éviter qu'ils ne s'emmêlent en jouant dans le vent qui avait forci. Elle s'imaginait devoir les peigner durant de longues heures pour en vaincre les nœuds quand un frisson lui parcourut le dos.

Avait-il pour origine la fraîcheur soudaine ? Ou bien la peur ?

Sans chercher à en identifier la cause, Aël pressa le pas.

Sur le chemin qui longeait la falaise, elle hésita à prendre le raccourci qui l'obligerait à passer devant le lavoir.

Autour d'elle, la nuit saupoudrait ses fines particules sombres, qui chassaient une à une celles de lumière. Bientôt l'obscurité totale, augmentant pour elle les risques de croiser la lavandière de la mort, lavant sans fin son linceul dans l'eau glacée du lavoir. Ce soir, la légende que lui avait tant de fois racontée sa grand-mère semblait presque réelle.

Aël abandonna l'idée du raccourci et poursuivit droit devant elle.

Pour balayer ses inquiétudes, elle entonna les premières mesures d'une chanson traditionnelle dont sa mère lui avait appris les paroles, tant elle trouvait qu'elles correspondaient à son caractère.

Je connais une petite colombe très vive et très sauvage,
elle est peureuse comme un lièvre et n'aime pas le monde.
Cependant je garde l'espoir de gagner son cœur tendre et de l'avoir à moi.

À cet instant, Aël se sentait à la fois colombe et lièvre puis elle se ressaisit, sourit de ses peurs enfantines et se répéta qu'elle venait d'avoir dix-sept ans.

Alors qu'elle passait devant le calvaire, elle ignora la grande croix et porta son regard sur la maison familiale. Un panache rassurant s'échappait de la cheminée. Dans moins de cinq minutes, elle serait rentrée.

Soudain, une forme blanche traversa le champ en contrebas, lui tirant un cri de surprise. Elle fit un écart, se demanda si elle avait rêvé. Son cœur tapait fort dans sa poitrine. Était-ce la lavandière de la mort ? Mais elle vit deux hommes courir dans la même direction que la forme blanche. Ils portaient l'uniforme de la gendarmerie.

Son cousin n'avait pas menti. Des bagnards évadés hantaient la campagne à la recherche d'une cache ou d'un moyen de quitter l'île.

Jusqu'à ce que le fugitif disparaisse derrière une rangée de pins, elle le suivit des yeux, hypnotisée. Il devançait les gendarmes d'une centaine de mètres.

Elle jeta ensuite un regard aux alentours. L'endroit était de nouveau désert, mais d'autres fugitifs devaient se cacher dans les moindres recoins d'obscurité.

En proie à la panique, Aël dévala le chemin aussi vite qu'elle en était capable, fonça sur la porte d'entrée qu'elle poussa avec force avant de la claquer derrière elle.

Sa mère cessa de tourner la soupe dans le chaudron de la cheminée, la détailla de la tête aux pieds.

– Ça va, ma fille ?

Son visage buriné trahissait la dureté de sa vie. Avait-elle jamais été heureuse ? se demanda Aël.

– J'ai croisé le cousin au Palais. Il courait à son bateau.

– Courait ? À cette heure ? s'étonna la mère.

Aël s'approcha d'elle, vint s'asseoir sur un petit tabouret de bois à côté de l'âtre.

– Il y a une émeute au bagne, expliqua-t-elle. Certains ont réussi à s'évader. Le cousin a peur qu'on lui vole son embarcation.

La mère se remit à tourner la soupe dont l'odeur de pommes de terre, de choux et de lard emplissait la pièce, laissa son regard se perdre dans les braises.

– Les mal-aimés, murmura-t-elle pour elle-même.

– Que dis-tu ? relança Aël.

– C'est ainsi que j'appelle tous ces jeunes bagnards. Les mal-aimés.

Aël attendait qu'elle poursuive, qu'elle s'explique, quand son père surgit dans la maison.

– C'est prêt ? aboya-t-il.

Il dévisagea sa fille, s'attarda sur sa chevelure nouée. La colère faisait remuer l'épaisse moustache qui couvrait sa lèvre supérieure.

– Tu crois que c'est comme ça que tu vas trouver un mari ? Tiens, je ferais mieux de te placer comme bonniche dans une riche famille ! Au moins, tu nous rapporterais un salaire.

Il retira sa vareuse, la pendit au clou sur la poutre.

– Tu as jusqu'à la fin de la saison. Après…

Aël jeta un œil à sa mère, chercha un peu de soutien, mais elle était déjà ailleurs. Comme à chaque fois que le père criait, elle s'extrayait du monde. Aël aurait aimé connaître ses pensées, partager ses craintes et ses rancœurs, toutefois sa mère ne parlait jamais.

– J'ai faim ! assena le père.

Il tira une chaise, ouvrit son couteau, l'essuya sur sa cuisse puis posa ses coudes sur la table et attendit.

La mère se leva, tira trois assiettes et trois cuillères de l'armoire. Elle le servit en premier, attendit qu'il goûte avant de remplir les deux autres assiettes.

– Du pain, exigea-t-il, la moustache maculée de soupe.

Aël attrapa la miche, eut envie de la lui balancer à travers la figure. Docilement, elle rompit des morceaux, lui en tendit un. D'un bref mouvement de menton, il lui indiqua de le poser à côté de son assiette.

– Du vin, demanda-t-il alors.

La mère se précipita sur la bouteille, revint avec un verre plein.

– Y a du laisser-aller dans cette maison, commenta-t-il. J'aime pas quand ce n'est pas prêt. Vous devriez le savoir toutes les deux, non ?

Aël prit place à table, morcela son pain et le plongea dans sa soupe.

– Demain, faudra terminer le battage du seigle. Avec ce vent, faudrait pas qu'on se retrouve avec la pluie.

Le repas se termina dans le silence seulement troublé par les bruits de mastication et de succion.

Alors que le père versait un peu de vin dans son assiette, on frappa à la porte.

– Qui est là ? râla-t-il en jetant un œil à la pendule.

– C'est l'Angliche ! Ouvre-moi vite !

Le père se leva, tira le verrou pour libérer la porte.

– Qu'est-ce qui t'arrive à cette heure-là ?

L'Angliche était leur voisin le plus proche. Il devait son surnom à une aïeule dont on disait qu'elle avait eu une aventure avec un soldat anglais, lors de l'occupation de l'île, un siècle et demi plus tôt. L'Angliche était plutôt grand, n'avait qu'une seule dent sur sa gencive supérieure et s'exprimait avec une lenteur horripilante.

– Les bandits se sont échappés du bagne.

– Quoi ? Tu es sûr ? s'étonna le père.

– J'arrive du Palais, on ne parle que de ça.

Le regard soupçonneux du père se tourna vers Aël.

– Tu le savais, toi ?

Elle acquiesça en silence.

Il leva les yeux au ciel et serra les mâchoires.

– Ils offrent vingt francs[1], annonça l'Angliche.

Au grand soulagement d'Aël, le père fixa de nouveau son voisin.

– Vingt francs, tu dis ?

– Oui, les autorités offrent une prime de vingt francs pour chaque garçon ramené. Sont déjà tous en train de les chasser, et les touristes avec. Faut se grouiller, va pas y en avoir pour tout le monde. Vingt francs, imagine !

– Ils sont nombreux à s'être évadés ? demanda le père en enfilant sa vareuse.

– Plus de cinquante !

Un filet de bave coula sur le menton de l'Angliche.

Aël repensa à la forme blanche aperçue plus tôt dans le champ en contrebas. Devait-elle en parler à son père ? Elle hésita, puis décida qu'il n'avait qu'à se débrouiller tout seul.

– Ça fait plus de mille francs de prime si on les attrape tous, s'enthousiasma naïvement l'Angliche.

1. En 1934, un ouvrier est payé 38 francs par jour environ, l'essence vaut 2 francs le litre, et le journal coûte 25 centimes.

– Arrête de dire n'importe quoi, le calma le père. Si on parvient à en attraper trois ou quatre, ce sera déjà bien.

– Prends un bâton et une corde. Ils peuvent être dangereux, ces bagnards.

Aël se leva, prête à refermer le verrou derrière eux.

– Vingt francs par garçon, faut pas laisser passer une telle aubaine, lâcha son père en franchissant la porte.

PREMIER REPAS D'HOMMES LIBRES

– Nous ne pouvons pas rester là, déclara Gab, dépité.

Face à eux, à quelques dizaines de mètres des côtes, l'océan couleur de nuit était couvert de points lumineux qui tanguaient au gré de la houle. À leurs pieds, le port, désert. Avec la nouvelle de leur évasion, tous les pêcheurs avaient pris la mer pour protéger leurs embarcations.

– Nous sommes coincés sur cette île, commenta le Lion.

– Ils ne pourront pas rester sur l'eau indéfiniment, affirma Gab sur un ton exagérément convaincu. Faudra bien qu'ils rentrent.

Le vent avait grossi, la température fortement baissé. L'été semblait s'être lui aussi évadé.

– On va aller où ? demanda celui que le Râleur avait baptisé Demi-Lune en raison de son crâne à moitié rasé.

– La liberté ne se fixe pas d'objectif, le provoqua le Râleur. Elle va, vient, vole et prend ce qui se présente.

Ne sachant visiblement pas comment interpréter ces paroles, Demi-Lune ouvrit de grands yeux ronds.

– Souviens-toi de ce que je vous ai dit tout à l'heure, expliqua Gab. Chaque seconde passée dehors est déjà une seconde de liberté, alors profitez-en. Cela n'empêche que nous devons trouver un endroit où nous cacher, loin de toute habitation. Avec nos tenues grises, tout le monde sait qui nous sommes. On est faciles à repérer.

– Un soir, j'ai entendu deux gardiens parler de grottes, le long de la côte, révéla le Lion.

– Parfait ! s'enthousiasma le Râleur. Il suffit d'en trouver une et on sera tranquilles le temps que ces foutus bateaux rentrent au port. Ensuite, nous n'aurons plus qu'à en voler un et à ramer jusqu'au continent.

Ils longèrent la falaise en direction de l'est. D'en bas montait le fracas sourd des vagues s'écrasant sur les rochers.

– Faites gaffe où vous posez vos pieds, les mit en garde le Râleur qui scrutait le bord de la falaise à la recherche d'un passage. Celui qui glisse ne reverra jamais sa mère.

– J'en ai pas ! répondit le Morveux.

– Moi non plus, ajouta Demi-Lune avec fierté.

– Raison de plus pour faire gaffe. Il n'y a personne pour veiller sur vous.

Gab se sentait responsable des deux gamins qu'ils avaient emmenés. À présent, il regrettait leur présence. Se sentirait-il libre de ses agissements quand viendrait le moment de se séparer pour que chacun prenne sa chance ? Il se dit qu'il ne leur devait rien et n'y pensa plus.

L'humidité trempait leurs pieds. Gagné par le froid, Gab sentait ses muscles se tétaniser, rendant plus vive la douleur à son épaule. Décidé à ne rien laisser paraître, il serra les dents.

Son regard erra vers l'intérieur des terres. Il était inquiet. Dès que le vacarme des vagues faiblissait, les aboiements d'une meute au loin leur parvenaient. Des chiens dressés à la chasse, excités par leurs maîtres, suivaient la trace des fuyards.

– Il y a un petit défilé par là, annonça le Râleur. Attendez, je vais voir.

– Fais gaffe, souffla Gab en s'approchant de lui.

– Oui maman, plaisanta le Râleur.

Profitant de la pause, Demi-Lune et le Morveux dépouillèrent un buisson de ronces de ses mûres qu'ils mangèrent à pleines poignées.

– Vous en voulez pas ? proposa Demi-Lune aux deux grands.

– Non, répondit un peu sèchement Gab alors que le Lion se joignait à eux.

Gab se pencha. Des paquets d'écume blanche marquaient l'endroit où la falaise de schiste noir, déchiquetée par la violence du vent et des vagues, plongeait de manière abrupte dans l'océan.

À cet endroit, la pente était plus douce. Du regard, il suivit la descente du Râleur, le vit sauter d'un rocher à l'autre en faisant mine de tomber. Un peu plus bas, il le distingua glissant puis se rattrapant de justesse à un rocher, avant de disparaître dans l'obscurité.

– Quel idiot, marmonna Gab pour lui-même.

Deux minutes plus tard, le Râleur réapparut sous leurs yeux. Avec de larges mouvements des bras, il les invitait à le rejoindre. Ses cris étaient couverts par le vacarme des vagues.

– On arrive ! lança Gab.

Leurs lèvres noircies par le jus des mûres, des dégoulinures plein le menton, les deux petits ressemblaient à des vampires.

Gab passa le premier dans la pente, veillant à la sécurité des gamins. Derrière, le Lion progressait en silence.

– Il y a une petite grotte, vous allez voir ça, leur indiqua le Râleur alors qu'ils parvenaient à sa hauteur.

D'une taille suffisante pour qu'ils puissent s'y tenir debout, l'anfractuosité ouvrait sa gueule noire et insondable juste au-dessus du niveau de l'océan.

Gab alluma une des lampes-tempête et partit explorer la grotte. À la lueur vacillante de la flamme, les parois humides jetaient des reflets brillants, comme si elles avaient été recouvertes de brassées de bijoux de pacotille. Gab s'enfonça, très vite buta contre la paroi du fond. Un peu en hauteur, une large pierre formait une plate-forme.

– Vous pouvez venir, mais faites gaffe où vous mettez les pieds. Les algues rendent le sol glissant.

Les plus grands firent la courte échelle aux deux petits, puis grimpèrent à leur tour sur la dalle. Presque sèche, elle offrait une surface assez vaste pour qu'ils puissent s'allonger dessus en toute sécurité.

Le Lion cala son dos contre la paroi, replia ses jambes et posa son menton sur ses genoux. Curieux, le Morveux et Demi-Lune inspectèrent chaque recoin.

– On va rester ici longtemps ? demanda le premier.

– Je propose que nous mangions, annonça Gab qui redoutait que surgissent les premiers doutes.

Chacun tira de ses poches ce qu'il avait réussi à emporter. Le sac de toile étalé sur la roche servit de nappe.

Ils alignèrent dessus les morceaux de pain et de fromage, mirent les précieux cubes de sucre de côté.

Gab se souvint de la fois où, avec deux camarades, ils étaient parvenus à voler un pot de confiture entamé qu'ils avaient dévoré en cachette à l'atelier. Un instant, ils s'étaient laissés submerger par des images de desserts fabuleux, comme ceux vus dans les vitrines des pâtisseries du Palais lors du défilé annuel avec la fanfare.

Le Râleur constitua cinq parts égales de pain, puis remit le restant dans le sac en toile.

Le pain était sec, dur et lourd comme du plomb. Pour que la salive le ramollisse, il fallait le garder longtemps en bouche.

Ils mangèrent en silence, heureux de ce premier repas d'hommes libres. Le Râleur défit le verre de la seconde lampe-tempête, en alluma la mèche. Sur un bout de pain, il déposa un morceau de fromage qu'il approcha de la flamme. Très vite, une délicieuse odeur de grillé envahit la grotte, déclenchant des « Oh » d'admiration.

– Je peux moi aussi ? demanda avec timidité le Morveux en approchant une bouchée de pain.

– Bien sûr, le rassura Gab. Mettez-vous ça bien dans le crâne : hors de la prison, chacun fait ce qu'il veut.

Il avait martelé chaque mot pour le faire entrer dans leurs têtes.

Dans la précipitation, Demi-Lune se brûla les doigts. Son cri strident déclencha un rire général.

Émergeant enfin de sa torpeur, le Lion se joignit à eux.

Pour la première fois depuis longtemps, ils mangeaient de bon cœur. Ils pouvaient parler, rire et chanter sans qu'aucun gardien leur tombe dessus en leur infligeant une sanction.

Pour terminer le repas, Gab laissa doucement fondre le morceau de sucre sur sa langue. Le plaisir était si intense que la douleur de son épaule reflua. Pour éviter de perdre trop vite cette sensation, il cessa d'avaler sa salive.

– Je ne veux plus jamais quitter cette grotte, clama Demi-Lune. C'est trop bon d'être libre.

– Moi non plus, compléta le Morveux, je veux plus jamais retourner au bagne.

Le Râleur leur donna une tape amicale sur la tête en les félicitant de leur courage.

Gab tira de sa poche les fiches volées dans le bureau du Premier Maître.

– Avec un peu de chance, les nôtres sont là, commenta-t-il.

Le nez sur la première fiche pour déchiffrer les mots à la faible lueur, il en lut le contenu à voix haute :

– *Jean Béveni, enfant naturel, né à Paris le 14 juin 1921. 1 m 40, cheveux châtains, teint clair, nombreuses taches de rousseur, cicatrice sur la nuque.*

– C'est Tête Dure, reconnut le Morveux.

– *Mendicité, vol de pain et de lard*, poursuivit Gab. *En correction jusqu'à vingt ans. Intelligent mais paresseux. Tendance à l'indiscipline, doit être surveillé de près.*

– Les salauds, souffla le Râleur. Ils savent tout de nous.

Gab attrapa une deuxième fiche.

– *Antoine Blamaud, né à Marseille le 3 avril 1919. 1 m 55, cheveux noirs bouclés. Cicatrice sous l'œil gauche, deux orteils amputés…*

– Le Bègue, murmura cette fois le Lion.

– *… fort bégaiement*, reprit Gab, *brûlure au bras gauche.*

– Pourquoi écrivent-ils tout ça ? demanda naïvement Demi-Lune.

– Pour permettre aux gendarmes de nous identifier si nous sommes capturés, expliqua Gab avant de reprendre sa lecture. *Arrêté pour vol et vagabondage. Une tentative d'évasion. De nombreuses fois puni pour incongruités.*

– C'est quoi ingrontuités ? questionna le Morveux.

Gab croisa le regard du Râleur. Ils éclatèrent de rire.

– In-con-gru-i-tés, le reprit le Râleur.

– In-con-gru-i-tés, répéta le Morveux en veillant à ne pas se tromper. Et alors, ça veut dire quoi ?

– Qu'il a été plusieurs fois surpris en train de péter à côté des surveillants, répondit le Râleur.

Les deux gamins pouffèrent à leur tour.

– Avec ce qu'on nous donne à bouffer, moi aussi j'arrête pas de péter, s'esclaffa Demi-Lune.

– Lui le faisait à proximité des gardiens, poursuivit le Râleur. C'était sa façon de leur dire merde.

Gab revit le Bègue enchaîner les séjours au cachot, d'où il ressortait chaque fois amaigri et plus faible. Une boule pesa sur son estomac, sa gorge se serra.

– Il est mort l'année dernière, lâcha-t-il.

Les rires cessèrent aussitôt.

– Un d'entre vous a un nom commençant par un B ou un M ? interrogea Gab pour ne pas laisser la peur s'installer.

Tous remuèrent la tête de gauche à droite en silence.

Déçu, Gab laissa tomber le paquet de fiches à ses pieds et déclara d'une voix grave :

– Ça veut dire que bientôt, tous les gendarmes de l'île disposeront de nos signalements. Ceux du continent les auront aussi.

Chacun rumina cette sentence.

– Que proposes-tu ? demanda le Râleur.

– Nous devons nous procurer de la nourriture pour tenir ici quelque temps, mais surtout des habits. Cette toile claire, dit-il en tirant sur le tissu de son pantalon, nous désigne aux yeux de tous comme les fugitifs du bagne.

– Où va-t-on les trouver ? s'inquiéta Demi-Lune. On n'a pas d'argent.

– On va les voler, expliqua Gab en le regardant droit dans les yeux.

L'EFFRACTION

Dans un hameau isolé, Gab et le Râleur repérèrent une maison dont aucune des fenêtres n'était éclairée. Ils escomptaient qu'entre les pêcheurs qui avaient pris la mer pour mettre leur embarcation à l'abri et ceux qui s'étaient joints aux forces de l'ordre pour retrouver les fuyards, beaucoup d'habitations seraient désertes.

Le vent poussait les nuages, dévoilant par moments un fin croissant de lune. Sa pâle lueur suffisait à éclairer la lande et éviter qu'ils se perdent.

À deux reprises, ils avaient distingué au loin de petits groupes de traqueurs battre la campagne. Munis de lampes-tempête, ils fouillaient chaque bosquet, chaque fossé.

Gare au fugitif qui n'était pas bien caché ou se montrerait imprudent, pensa Gab. Avant le lever du soleil, il rejoindrait la colonie pénitentiaire où l'attendraient des gardiens revanchards.

Alors qu'ils se tenaient accroupis derrière un talus à faire le guet, Gab se demanda combien d'entre eux étaient parvenus à fuir. Il formula le vœu qu'ils soient nombreux. Car plus ils le seraient, plus les effectifs de fonctionnaires chargés de les rattraper seraient éparpillés. Ce qu'il redoutait le plus, c'était que la traque se transforme en battue. Des hommes tous les dix mètres, sur une ligne sans fin, qui avancent au même pas, ratissant d'un seul coup une zone immense. Et quoi de plus facile sur un territoire cerné par les eaux ?

Si un tel dispositif devait être mis en place, lui et ses copains n'auraient aucune chance d'échapper aux traqueurs.

– Pas de lumière, pas de chien, aucun mouvement. La voie est libre, souffla Gab. Mais restons prudents.

– Même s'il y a quelqu'un qui dort à l'intérieur, le temps qu'il réalise ce qui est en train de lui arriver, nous serons loin ! fanfaronna le Râleur. On n'est pas à Paris. Ici, il ne doit pas y avoir de cambriolages.

– C'est moi qui entre, imposa Gab. Tu feras le guet. Au moindre danger, préviens-moi.

Le Râleur serra ses mains l'une contre l'autre, plaqua ses pouces contre sa bouche et souffla.

Un hululement lugubre s'éleva dans le silence de la nuit. Derrière eux, un petit rongeur sans doute apeuré fit bruisser les feuilles dans sa fuite.

– C'est le cri de la chouette en chasse, expliqua-t-il.

– Parfait, commenta Gab. Deux hululements si quelqu'un approche par l'arrière et un seul si la menace arrive par l'avant. Tu marques une petite pause, puis tu émets une série de signaux correspondant au nombre de personnes. Compris ?

D'un mouvement de tête, le Râleur acquiesça.

De manière à repérer tout intrus, il se dissimula dans un bosquet à dix mètres de la maison.

Le cœur frappant contre ses côtes, Gab avança vers l'entrée. Il plaqua son oreille contre la porte, écouta un instant. L'endroit semblait désert. Il s'approcha de la fenêtre, tenta de percer l'obscurité intérieure. Rassuré, il brisa un carreau d'un coup de coude, puis attendit sans bouger ni respirer. Pas plus qu'avant, il ne perçut le moindre mouvement. Il passa sa main à l'intérieur, ouvrit la fenêtre et franchit le rebord sans difficulté.

Le temps que ses yeux s'accoutument à l'obscurité, Gab chercha un repère à tâtons. Ses mains rencontrèrent une table sur laquelle se trouvaient encore les assiettes du dîner. L'odeur de cendres tièdes lui indiqua que l'âtre se tenait sur sa gauche. Face à lui, la masse sombre d'un bahut.

Il contourna la table, effleura de son épaule valide le vaisselier, puis gagna le meuble massif. La porte couina sur ses gonds, dévoila des piles de linge.

Gab fouilla rapidement, disposa sur le dossier d'une chaise ce qu'il comptait emporter. Deux pantalons, une chemise, une couverture. Il attrapa une vareuse suspendue à un clou sur le mur, et une casquette qu'il plaça sur sa tête. Elle lui allait bien et masquerait son crâne rasé.

Gab chargea le reste des vêtements dans ses bras, saisit au passage un morceau de pain qui traînait sur la table, le coinça dans sa bouche en mordant dedans.

Son goût était aussi doux et rond que celui d'un gâteau.

Avant de sauter par la fenêtre, Gab écouta. La voie était libre.

À l'extérieur, il retrouva le Râleur, lui confia son butin, retira le pain qui dépassait de sa bouche et lui en fourra un morceau dans la sienne.

– Tu m'en diras des nouvelles.

Deux secondes plus tard, le Râleur lâcha un gloussement de plaisir.

– À croire que les cuistots du bagne sont payés pour rendre notre nourriture dégueulasse !

– C'est sûr, le directeur fait des économies sur tout et en particulier sur notre dos. Ils doivent utiliser des farines pourries qui ne coûtent rien.

Presque repus, ils déguerpirent pour se mettre à l'abri un peu plus loin. Là, ils quittèrent leurs vêtements de bagnards pour enfiler ceux volés quelques minutes plus tôt.

Le pantalon de Gab était si large qu'ils auraient pu y entrer tous les deux. Il fit un nœud sur le devant, retroussa les jambes de plusieurs ourlets. Même si la couleur sombre empêcherait qu'on les identifie de prime abord, un regard attentif jugerait rapidement que ces vêtements ne leur appartenaient pas et ferait le lien avec l'évasion.

– Il nous en faut d'autres, conclut-il en constatant que le Râleur nageait aussi dans ses nouveaux habits. Et puis il en faut pour les copains.

Gab fourra leurs anciens vêtements dans un large terrier, les enfonça profondément du pied pour les dissimuler avec soin.

En se partageant le reste de pain, ils coupèrent à travers champs, veillant à ne pas trop s'éloigner des haies qui les bordaient.

Bientôt, ils avisèrent un hameau isolé constitué de trois maisons. Gab posa son regard sur la fumée qui s'échappait de l'une d'elles. Le vent venu de l'océan la rabattait sur le toit.

À quatre pattes, ils s'approchèrent. Sous leurs mains, la terre humide était froide.

Quand ils virent une lueur vacillante filtrer entre les volets de la plus grande habitation, la déception les gagna.

Ils s'apprêtaient à renoncer pour aller plus loin quand la porte s'ouvrit sur deux hommes.

Dans la nuit, les deux silhouettes se fondaient l'une dans l'autre, formant une masse unique. À l'intérieur, la danse des flammes dans la cheminée animait toute la pièce à vivre.

– Tu es certain de vouloir laisser le grand-père seul ? demanda l'un.

– Tous les voisins sont partis, rétorqua l'autre. Je ne voudrais pas être le seul couillon à rater cette aubaine.

– Oui, mais dans son état, quand même…

– Il va pas se carapater, le grand-père. Il dort. Et ça fait bien longtemps qu'il ne marche plus. Peut-être qu'il sait même pas qu'il est encore vivant, le vieux. Je vais pas laisser passer une prime de vingt francs pour l'écouter ronfler.

– La traque durera sûrement plusieurs jours, insista le premier.

– Je ne reviendrai ici que quand tous les bagnards auront été arrêtés. Si le vieux ne remange que dans deux ou trois jours, ça lui fera pas de mal. Et puis j'en ai marre de jouer les gardes-malades. À cet âge-là, c'est pire qu'un gosse.

– Tu as raison. Vingt francs par vaurien ramené au bagne, ce serait dommage de ne pas en profiter nous aussi. Il paraît qu'il y en a des dizaines dans la nature.

Anéanti, Gab les regarda s'éloigner.

« Vingt francs ! C'est donc ce que nous valons, songea-t-il. Ça me ferait mal que ces types empochent vingt francs grâce à moi. »

– Dire qu'on m'a arrêté et conduit au bagne de Belle-Île pour avoir volé deux francs cinquante, lâcha le Râleur, incrédule.

– Allons nous servir ! lança Gab. Occupe-toi des maisons vides. Je me charge de celle du vieux.

Déjà, le Râleur fonçait vers la première porte.

LES MAL-AIMÉS

Depuis que sa mère avait tiré les portes de son lit clos, Aël guettait impatiemment le moment où sa respiration deviendrait plus lente et plus profonde.

Celui-ci tardait.

Elle posa son regard sur l'âtre, fixa les dernières braises encore rouges qui bientôt s'éteindraient, libérant une puissante odeur de suie froide. Celle-ci envahirait tout l'espace, pénétrerait chaque recoin pour y déposer son empreinte. Demain, l'air du large atténuerait l'impression d'enfermement que ressentait Aël.

Une fois, au port, elle avait entendu dire qu'en Afrique, la chaleur était telle que les maisons n'étaient pas équipées de cheminées. Rêveuse, elle laissa ses pensées l'emmener au loin.

Son esprit vagabonda dans ces lieux qu'elle avait peine à imaginer, puis elle revint s'accrocher à la respiration de sa mère.

Un instant, Aël hésita à lui demander ce qui la préoccupait tant pour l'empêcher de s'endormir, y renonça. Sa mère n'était ni le genre de femme à parler, ni à se livrer.

Elle lui en voulut.

Habitée par la rancœur, Aël égrena mentalement la liste des griefs qu'elle accumulait contre sa mère, se rendit compte qu'elle n'était pas longue, mais dense.

Elle lui en voulait tant de sa passivité. Comment pouvait-elle accepter les paroles et l'attitude de son mari ? Une épouse devait-elle forcément être soumise ?

Aël passa en revue les femmes qu'elle connaissait, se rendit compte que c'était le cas de la plupart d'entre elles. Cela lui tordit l'estomac et la rendit nauséeuse. Elle ne souhaitait pas devenir comme elles.

Elle pensa alors à son père, se dit que le jour où elle partirait, il ne lui manquerait pas. Pourtant, elle admirait sa capacité à prendre des décisions, la façon dont il était capable d'oublier la fatigue pour continuer à travailler quand la situation l'exigeait.

Si cet aspect de sa personnalité était pour elle un modèle, c'était bien le seul.

Elle ferma les yeux, visualisa le petit caillou rond qu'elle glissait chaque jour dans son sabot pour repousser les prétendants dont son père rêvait pour elle.

À son retour du Palais, chaque soir, Aël s'étonnait qu'il ne l'assomme pas plus de reproches à ce sujet. Car elle devait bien se rendre à l'évidence : un jour, sa supercherie lui viendrait aux oreilles, une de ses connaissances finirait par lâcher une remarque sur sa claudication ou, tout simplement, l'apercevrait-il lui-même au Palais en venant y faire une course ou en la surveillant de loin.

Aël n'osait pas imaginer les conséquences d'une telle découverte.

Afin de dissiper ses inquiétudes, elle se leva, alla boire un peu d'eau au broc.

Son verre à la main, elle entrebâilla le volet, regarda au-dehors. L'obscurité était tenace. Elle pensa à cette traque qui se déroulait sur la lande, toute la nuit. Avec un peu de chance, elle tiendrait son père éloigné jusqu'au matin.

Soudain, un coup de feu claqua au loin, suivi d'un second.

Par réflexe, Aël recula d'un pas. Son cœur frappait contre ses côtes.

Puis le silence reprit ses droits, à peine troublé par le chant du vent dans le conduit de la cheminée.

Perdue dans ses pensées confuses, Aël demeura un long moment sans bouger, laissa le froid la gagner.

Elle entendit sa mère renifler discrètement. « Pleure-t-elle ? » se demanda-t-elle en cessant de respirer pour tendre l'oreille.

– Les mal-aimés, murmura-t-elle alors.

– Que dis-tu ? l'interrogea Aël.

– Retourne te coucher, répondit sa mère sur un ton mordant qui la surprit. Avec ton père qui ne va pas fermer l'œil de la nuit, la journée de demain sera rude.

Sachant qu'elle n'en saurait pas plus, Aël obtempéra, se glissa sous son drap qu'elle remonta jusqu'à son cou.

La silhouette blanche courant à travers champs, aperçue quelques heures plus tôt à son retour du Palais, jaillit sous ses paupières. Elle revit aussi ses poursuivants, tenta de se souvenir s'ils portaient une arme. Mais la vision avait été trop fugace pour lui livrer un quelconque détail.

LA CARTE POSTALE

Un feu nourri brûlait dans la cheminée. Fasciné, Gab approcha du foyer. Les flammes crépitaient, changeant la couleur de leur parure à chaque envolée.

Il tendit ses mains, laissa la chaleur caresser ses paumes qu'il frotta ensuite sur ses joues. Des larmes d'émotion mouillèrent ses yeux.

Il convoqua tous ses souvenirs, fouilla chaque recoin de sa mémoire. Rien dans son passé n'évoquait une telle douceur. Dans les fermes où il avait été placé, il n'avait vu l'âtre que de loin, les rares fois où ses maîtres l'avaient autorisé à pénétrer dans la maison. Son territoire à lui, c'était l'étage de la grange, où deux couvertures pendues à des fils créaient un semblant d'espace clos.

Sa chambre.

Il y faisait si froid, et si humide. Et il s'y sentait si seul.

Après ses fugues répétées, il y avait eu les maisons de correction. Toutes glacées, puisque les responsables de ces institutions étaient convaincus que la dureté des conditions de vie ramènerait les pensionnaires dans le droit chemin. Dans les dortoirs, le poêle était placé si loin des cellules qu'il ne réchauffait que le poste du surveillant.

Combien de nuits avait-il passées à claquer des dents, à frotter avec vigueur ses pieds dans les draps rêches pour tenter d'éprouver une illusion de chaleur ?

Le froid, source d'économie. Le froid, punition. Le froid pour affaiblir les corps et susciter la docilité. Le froid, toujours le froid !

Un frisson de répugnance lui parcourut le dos.

Décidé à ne pas laisser le passé gâcher cet instant, Gab scruta les flammes. Bientôt il fit le vide en lui.

Son esprit vagabonda dans des plaines infinies baignées d'un soleil éclatant, sur lesquelles courait une brise tiède.

Quand un faible râle le tira de ses rêveries, Gab pivota, tous ses sens de nouveau en éveil. Il croisa le regard du vieillard allongé sur son lit.

Happé par le feu dès qu'il avait pénétré dans la maison, il ne l'avait pas vu, avait même oublié la pièce dans laquelle il se trouvait.

Les yeux grands ouverts posés sur l'intrus, le vieux était immobile. Ses cheveux blancs formaient une couronne qui se teintait de reflets rougeoyants. De profondes rides sillonnaient son visage. Ses joues creuses laissaient apparaître le dessin de sa mâchoire.

Gab l'observait depuis quelques secondes quand il remarqua le léger mouvement de ses lèvres. Le vieux tentait de parler. Voulait-il appeler à l'aide ?

Le grand-père ferma les yeux, une larme coula sous ses paupières, puis il les rouvrit et fixa la table. Gab comprit qu'il regardait le pichet en terre.

Il s'approcha, constata qu'il était plein d'eau.

– Vous avez soif ? demanda-t-il d'une voix presque timide.

Le vieux hocha imperceptiblement la tête.

Sur ses gardes, Gab fit un pas dans sa direction, jeta un coup d'œil vers la porte. N'était-il pas en train de commettre une erreur ?

Après une brève hésitation, il alla vers le vieux. Le lit dégageait une odeur forte d'ammoniaque qui lui souleva le cœur. Il versa l'eau au-dessus de son visage, mais ne réussit qu'à mouiller ses joues et son nez. Gab trempa alors dans le pichet une des pointes du drap, la pressa ensuite au-dessus des lèvres entrouvertes du vieillard. Un râle de satisfaction coula de la bouche de ce dernier, l'encourageant à poursuivre.

Il renouvela l'opération jusqu'à ce que le vieillard ferme les yeux. Quelques gouttes roulèrent sur ses joues, disparurent dans l'oreiller. Son souffle se fit plus léger, les traits de son visage se détendirent.

Gab reposa le pichet, se précipita sur l'armoire. Un peu honteux de fouiller chaque étagère en présence du vieil homme, il jeta sur son épaule valide des vêtements de toutes tailles, puis se dit qu'il était temps de filer.

Au moment de sortir, Gab évita soigneusement de poser son regard sur l'occupant de la maison, préféra le perdre une dernière fois sur le foyer qui semblait l'inviter à rester.

Dehors, le Râleur l'attendait.

– Qu'est-ce que tu foutais ? l'interrogea-t-il, le visage marqué par l'inquiétude et le reproche.

Pour toute réponse, Gab indiqua du doigt ce qu'il venait de voler.

Ne voulant pas être en reste, le Râleur dévoila à son tour son butin. De sa poche il tira un saucisson, un morceau de fromage et une bouteille.

– J'ai goûté, je peux t'assurer que ça réchauffe le gosier.

Il la tendit à Gab, qui fit non de la tête.

– Rentrons plutôt retrouver les autres, proposa-t-il.

En suivant un sentier qui longeait un bois, ils s'éloignèrent du hameau. Par endroits, des bûches fraîchement coupées étaient rassemblées en tas.

Ne devaient-ils pas en prendre quelques-unes pour allumer un feu dans leur grotte ? Gab abandonna à regret cette idée imprudente.

Au loin, un éclair zébra le ciel, suivi d'un deuxième plus violent. Des nuages menaçants roulaient dans leur direction.

Gab pressa le pas. Chaque secousse réveillait la douleur. Afin de tenter de la faire refluer, il enfonça la main dans sa poche pour caler son bras blessé. Sous ses doigts, il sentit la carte postale qu'il avait récupérée quelques heures plus tôt.

Il pensa à sa sœur. Gab était si jeune quand ils avaient été séparés qu'il ne se souvenait ni de ses traits, ni même de son prénom.

Comment avait-elle retrouvé sa trace ? Il n'avait pas de réponse à cette question.

Il ne savait rien d'elle.

Une carte postale pour tout lien. *La tour de Londres,* annonçait la légende. Sa sœur avait écrit qu'elle l'aimait, qu'elle serait toujours là pour lui et avait inscrit une adresse dans l'East End[1], en lui promettant qu'il pourrait l'y rejoindre quand il sortirait de la colonie pénitentiaire à ses vingt et un ans.

1. Quartier pauvre de Londres.

Elle terminait en écrivant *Bons baisers,* suivi d'un prénom qu'il n'avait pas réussi à déchiffrer car de l'eau en avait lavé l'encre. Celui-ci commençait par un M. Marie ? Mathilde ? Avait-elle les yeux gris comme lui ?

En douze ans, c'était le seul courrier qu'on lui avait transmis, quand d'autres en recevaient plusieurs par an. Mais cela n'entamait pas son besoin irrépressible de la retrouver.

– Y a une maison qui a l'air vide un peu plus bas, indiqua le Râleur d'une voix déterminée.

– Nous devons rentrer au plus vite, lui opposa Gab que la fatigue commençait à gagner.

– Une dernière à visiter, insista le Râleur. Reste ici avec les affaires, j'en ai pour trois minutes. Tu feras le guet.

Avant même qu'il réponde, le Râleur s'élançait.

Dans son sillage, Gab approcha, puis se dissimula derrière un talus. Les premières gouttes de pluie se mirent à tomber. À une dizaine de mètres devant lui, le Râleur se faufilait à vive allure entre les maigres arbres.

Soudain, deux hommes surgirent. Leur masse imposante et sombre se dressa tel un mur. Pris dans son élan, le Râleur fonça sur eux.

– C'est l'heure de rentrer au mitard, mon petit, ricana l'un en le saisissant par le col.

D'un bond, Gab se redressa pour venir en aide à son ami.

– Va-t'en ! lui hurla le Râleur.

– Il y en a un deuxième ! s'exclama un des hommes qui déjà se précipitait dans sa direction.

En escaladant le talus, Gab glissa sur l'herbe mouillée et bascula sur le côté. Le choc réveilla la douleur de sa blessure et lui tira un cri. Alors que l'homme se jetait en avant pour l'attraper, Gab roula sur lui-même. Son agresseur s'affala sur le sol à moins d'un pas. Sans attendre, Gab se remit sur pied, s'élança vers le bois, le chasseur à ses trousses.

Sous l'effet de la peur, son sang bouillonnait dans ses veines, tapait à ses tempes. Des images terribles surgies de toutes ces années de détention l'assaillirent. Gab ne voulait pas y retourner. Il n'y retournerait pas, se jura-t-il.

Aussi il puisa dans ses forces, tira sur ses bras pour allonger sa foulée, mais la douleur de son épaule était trop vive. Une fraction de seconde, il maudit le Cogneur qui l'avait blessé, serra ses poings comme s'il l'étranglait.

Derrière lui, il percevait le souffle de son poursuivant. À chaque instant, il s'attendait à sentir sa main s'abattre sur son bras et le jeter à terre.

« Tiens bon ! » s'encouragea-t-il.

La lisière du bois ne se trouvait plus qu'à une cinquantaine de mètres. Là, dans l'obscurité plus sombre encore que la nuit, il avait une chance de lui échapper.

Une nouvelle fois, Gab dérapa, retrouva de justesse son équilibre. Il venait de perdre un temps précieux.

Un peu plus loin, face à un fossé, il parvint de justesse à prendre son élan et à sauter l'obstacle. L'homme à sa poursuite n'eut pas le même réflexe et s'étala en jurant. Avant qu'il se relève, Gab avait atteint la lisière et fonçait droit devant sur une trentaine de mètres, écartant les branches de ses bras, butant contre des troncs, traversant des fourrés dont les épines lui lacérèrent le front et les mains.

Essoufflé, au bord de l'asphyxie, il s'accroupit entre une souche et un tronc mort. Réveillée par la pluie, une puissante odeur de mousse, de bois et de terre envahit ses narines et lui fit tourner la tête. Il fouilla la nuit, guetta le moindre craquement de feuille ou de brindille. Mais l'emballement de sa respiration couvrait tous les bruits.

– Tu l'as eu ? hurla une voix lointaine.

– Non, rétorqua son comparse depuis le chemin qui longeait le bois. Ce salaud a réussi à s'enfuir.

Gab enfonça la tête dans ses épaules, cessa de respirer.

– On a l'autre ! se vanta son compagnon de chasse.

À ces mots, le ventre de Gab se vrilla.

– Avec les deux premiers, cela nous fait soixante francs, poursuivit-il avec enthousiasme.

– Et c'est pas fini, lança son poursuivant, déçu, vers le bois, espérant sans doute effrayer le fugitif. On te retrouvera, enfoiré.

Gab tremblait de tout son être, cherchait désespérément une solution pour tirer le Râleur de leurs griffes. En vain.

Alors que l'homme s'éloignait, Gab approcha sans bruit de l'orée du bois.

À la lueur de la lampe-tempête que le premier avait allumée, il aperçut la silhouette du Râleur, les mains déjà liées dans le dos.

Son retour à la colonie serait terrible. L'attendaient le cachot et la colère des gardiens doublée des représailles des colons qui n'avaient pas fui, mais dont les conditions de vie seraient durcies pour prévenir toute récidive.

Gab plaqua ses mains sur ses oreilles, se mordit la langue pour éviter de hurler. Il entendait les coups de pied, de clés, de nerf de bœuf.

Il vomit tout ce qu'il avait mangé un peu plus tôt dans la grotte.

SEUL DANS LA NUIT

Depuis combien de temps Gab marchait-il ? Il n'en avait pas la moindre idée. Il s'était perdu, puis avait retrouvé son chemin grâce à un écriteau rouillé qui indiquait la direction du Palais. À intervalles réguliers, il s'était arrêté pour sonder la nuit. Par deux fois il avait capté une présence humaine sur la lande, s'était terré afin d'échapper à la traque.

À présent, la pluie avait cessé. Le ciel, dégagé, dévoilait un maigre croissant de lune. Avec ses vêtements trempés, Gab était gelé. Au froid s'ajoutaient la fatigue et la douleur.

D'un pas empressé, il approchait de la grotte où se trouvaient le Lion et les gamins. Ses dents claquaient sans qu'il parvienne à contrôler ses tremblements.

Gab se revit grelottant, quelques années plus tôt, au milieu de la cour d'une autre colonie pénitentiaire. Parce qu'il avait mal répondu, un gardien l'avait aspergé d'un seau d'eau froide et l'avait poussé dehors. C'était l'hiver. Un vent glacé soufflait.

Il était resté là deux longues heures, convaincu que la mort allait l'emporter. Un à un ses muscles s'étaient engourdis, une à une ses pensées s'étaient évanouies. Le froid l'avait mordu, serrant si fort sa tête dans un étau que la douleur avait perduré d'interminables semaines.

Elle le hantait encore.

Inconsciemment, Gab resserra ses bras autour de son corps. Dans l'instant sa blessure à l'épaule s'embrasa, lui coupant le souffle.

Quand l'océan apparut enfin face à lui, le reflet de la lune scintillait sur sa surface. Malgré la faible lueur, Gab n'eut aucun mal à retrouver l'accès menant à la grotte. La pluie avait rendu la pierre glissante. Avec mille précautions, il emprunta la pente.

Très vite, l'eau lui barra le passage. Des vagues modestes s'écrasaient mollement sur les rochers, libérant des colliers d'écume blanche. Surpris, Gab s'arrêta et regarda autour de lui. S'était-il trompé ? Il leva les yeux vers le haut de la falaise, refit mentalement le trajet.

Une vague plus forte lécha ses pieds. Il réalisa que la marée montante avait envahi la grotte.

Ce n'est rien qu'un mauvais rêve, se dit-il. Mais l'emballement de son cœur et la puissance du nœud qui serrait son estomac lui soufflaient le contraire. Une vision terrible le cloua sur place. Les gamins et le Lion avaient-ils été pris au piège de l'océan ?

Gab plaça ses mains en porte-voix, hurla de toutes ses forces pour les appeler.

Sans succès.

Il scruta les rochers alentour. Mais il ne vit rien. Si l'océan les avait emportés dans leur sommeil, des traces subsisteraient, tenta-t-il de se rassurer.

Il regagna à la hâte le sommet de la falaise. S'ils n'étaient pas morts noyés, où avaient-ils pu se cacher ?

Empli d'un nouvel espoir, Gab s'élança en direction d'un vaste bosquet. Là, ses appels restèrent sans réponse. Il revint au bord de la falaise, se mit à quatre pattes pour inspecter le sol. Le vent et la pluie avaient couché les herbes, effaçant toute trace.

S'étaient-ils abrités dans une autre grotte ?

Inlassablement, Gab chercha un nouvel accès dans la paroi qui dominait l'océan.

Bientôt, l'aube blanchirait le ciel, le transformerait en proie facile. Il passa une main sur sa tête.

Son crâne rasé le désignait comme un fugitif. Ses nouveaux vêtements n'y changeaient rien.

Conscient de la gravité de sa blessure, de son état d'épuisement et du froid qui le tétanisait, il se sentit complètement perdu. Dans sa situation, il ne pourrait ni lutter, ni fuir, et tout serait bientôt terminé.

Cette perspective l'anéantit.

Il inspira profondément pour se reprendre. Une image s'imposa à son esprit, doublée d'une douce sensation : celle du feu chez le vieil homme qu'il avait dépouillé plus tôt dans la soirée.

Juste une heure ou deux, se dit Gab, les larmes aux yeux.

Tous ses sens en alerte, il s'enfonça dans l'intérieur des terres. Il évita les chemins, contourna les champs, se coula dans les endroits où l'obscurité était la plus épaisse.

À l'approche du hameau, Gab redoubla de prudence. Il s'accroupit derrière un talus et observa les alentours. L'endroit paraissait toujours désert. Après quelques minutes, il fit deux pas, se dissimula derrière un arbre. Mètre après mètre, il gagna la maison.

À travers la vitre, il aperçut le feu, eut l'impression d'en ressentir la chaleur. Ne tenant plus, il se précipita sur la porte qu'il referma avec soin.

Le vieux avait les yeux clos, il semblait dormir paisiblement. Un mince filet de bave coulait du coin de sa bouche.

Décidé à profiter de chaque seconde, Gab se tourna vers la cheminée. À l'exception de son caleçon, il ôta tous ses vêtements, qu'il étala avec soin à proximité du foyer pour qu'ils sèchent.

En ménageant son épaule, il frotta ses mains l'une à l'autre pour les réchauffer et frictionna ses cuisses.

Tandis que la chaleur commençait à pénétrer ses chairs, il inspecta sa blessure. Elle mesurait une vingtaine de centimètres de long, démarrait au-dessus de la clavicule et s'étirait sur le côté, formant un sillon parfaitement rectiligne en partie comblé par du sang séché. Quand il passa un doigt dessus, la vive douleur lui tira une grimace.

Ce n'est peut-être pas si grave, se dit-il.

Pour tromper sa peur, Gab reporta son attention sur les flammes. Il tira une chaise, s'assit à califourchon. Avec précaution, il cala son bras gauche sur le dossier.

Dans son dos, les ronflements du vieux étaient par moments ponctués par un râle étouffé. Le rythme lent et régulier de sa respiration ressemblait à celui d'une berceuse.

Gab se rappela alors celle que fredonnait cette femme chez qui il avait été placé, à neuf ans.

Tandis que lui avalait sa soupe sur un coin de table, elle tenait son fils dans ses bras. Dès qu'il commençait à gémir, elle entonnait une chanson au rythme lent et doux. Aussitôt le bébé se calmait. Gab se laissait lui aussi bercer par cette mélodie. La voix de cette femme était douce, si différente des aboiements qu'elle lui réservait pour lui donner ses ordres. Une fois sa soupe terminée, elle le jetait dehors pour qu'il regagne la grange humide et froide où il passait ses nuits. Là, il s'imaginait à la place du bébé, au chaud dans les bras d'une mère, s'endormant contre elle.

Une douce torpeur l'envahit, l'entraînant vers le sommeil. Conscient du danger qui guettait, Gab lutta pour garder les yeux ouverts. La sagesse aurait voulu qu'il quitte cette maison, déniche une cache où personne ne le trouverait. Mais le moment était trop agréable pour qu'il en rompe l'enchantement.

Peu à peu, les caresses du feu diluèrent sa conscience.

L'instant d'après, Gab s'endormit.

LE FACE-À-FACE

Aël n'était pas mécontente de quitter enfin la maison.

Avant même que le jour soit complètement levé, elle avait puisé l'eau au puits, nourri le cochon et les poules, rentré des bûches et ramassé des légumes dans le potager.

Elle avait ensuite attendu le retour de son père, avec qui elle devait terminer le battage du seigle pour mettre le grain qu'il revendrait ensuite à l'abri. Mais celui-ci n'avait pas reparu.

Sa mère lui avait demandé d'aller vérifier que son grand-père n'avait besoin de rien.

– Ton oncle est bien capable de l'avoir laissé seul pour participer à la traque sur la lande, avait-elle commenté. Il ne pense qu'à l'argent et à la boisson.

Aël s'était donc mise en route.

Dans le ciel roulaient de gros nuages, entre lesquels perçait le soleil. L'air était frais, donnant l'impression qu'un changement de saison s'était opéré au cours de la nuit. Cette perspective la réjouit. Bientôt, les touristes quitteraient l'île et elle pourrait reprendre une vie normale. Elle n'aurait plus à se rendre chaque fin de journée au Palais, ni à glisser un caillou dans son sabot.

Bien sûr, son père ne cesserait de râler, la traiterait d'incapable, menacerait de la placer comme domestique dans une grande maison ou de la marier de force. Mais de tout cela, elle se moquait.

Le jour venu, elle quitterait l'île et oublierait ses parents.

Son grand-père habitait deux hameaux plus loin, sur la route de Bangor. Du plus loin que remontaient ses souvenirs, Aël l'avait toujours connu malade. Aujourd'hui, chacun se préparait à ce qu'il parte bientôt rejoindre sa grand-mère. La vie était ainsi.

Quand elle aperçut enfin la maison, un vol de grives passa juste au-dessus de sa tête et alla se poser au milieu du champ voisin. Plus loin, deux gros corbeaux fouillaient le sol de leur bec épais.

– Tu viens t'occuper du vieux ? tonna son oncle dans son dos.

Aël se tourna vers lui, acquiesça d'un signe de tête.

Il se tenait sur le chemin, à une vingtaine de mètres. Avec ses cheveux mal peignés, il ressemblait à un sauvage. Son nez, plusieurs fois cassé au cours de bagarres, s'inclinait fortement sur le côté, comme le font les arbres qui subissent les assauts des vents dominants.

– Ton père en a attrapé ? questionna-t-il en plissant les yeux.

Elle n'eut pas besoin de lui demander de quoi il parlait.

– Je ne sais pas, répondit-elle. Il n'est pas rentré.

– Ce ne sont pas des garçons comme les autres, commenta l'oncle en s'approchant.

– Et toi ? osa Aël. Tu en as capturé ?

Il fit mine de ne pas avoir entendu. Aël comprit qu'il rentrait bredouille.

– Sont aussi habiles pour se cacher qu'un bon gibier, et sont surtout plus violents ! Mais pour vingt francs, ça vaut le coup de prendre des risques.

Elle l'observa, immobile.

– Si tu t'occupes du vieux, je repars sur la lande les traquer. Je vais bien finir par arrêter un de ces vauriens.

Aël le regarda s'éloigner, puis se remit en route.

Quand elle poussa la porte, elle cligna plusieurs fois des paupières pour aider ses yeux à s'habituer à l'obscurité. Elle fit deux pas. Son regard fut attiré par un corps quasi nu qui dormait en boule devant la cheminée éteinte. À la vue du crâne rasé, elle comprit de qui il s'agissait.

Aël était sous le choc. Au moindre de ses gestes, l'intrus risquait de se réveiller.

Si elle appelait son oncle, le bagnard ne lui sauterait-il pas à la gorge pour la faire taire ? Et si elle s'enfuyait, ne s'en prendrait-il pas à son grand-père ?

Un léger craquement tira Gab de son sommeil. En une fraction de seconde, il se rappela où il se trouvait, bondit sur ses pieds, se figea de stupéfaction.

Face à lui se tenait une fille, dont la rousseur des cheveux lui rappela un instant les flammes devant lesquelles il s'était endormi.

– Qu'est-ce que tu fais là ? lui demanda-t-elle.

Gab sentit la peur dans sa voix. Profitant de son avantage, il empoigna une chaise qu'il souleva, prêt à l'assommer si elle se mettait à crier.

– Mon oncle est là, dehors, juste derrière la porte, chercha-t-elle à l'impressionner.

Il vit sa bouche trembler, comprit qu'elle mentait.

Inquiète, Aël tourna la tête vers son grand-père. Éveillé, il les observait de ses yeux fatigués.

– Il va bien, déclara Gab. Je lui ai donné à boire.

– C'est vrai ? demanda-t-elle au vieil homme.

Celui-ci hocha doucement la tête et esquissa un sourire en fermant les paupières.

Mais cela ne suffit pas à rassurer Aël. D'un mouvement de menton, elle lui indiqua ses vêtements.

Soudain gêné, Gab se rhabilla à toute vitesse.

– Tu ne peux pas rester ici, lui annonça-t-elle d'une voix ferme.

Gab enfila ses sabots, avança en direction de la porte.

– Je m'en vais.

– Dehors, ils sont nombreux à vous traquer, le prévint-elle.

– Je sais, glissa-t-il en passant à sa hauteur.

Aël recula d'un pas. Elle aurait dû être soulagée qu'il s'en aille, mais sa curiosité était la plus forte. En partie rassurée par l'attitude de son grand-père quelques minutes plus tôt, elle ne put se retenir :

– De quoi es-tu coupable ?

Quand elle vit le visage du fugitif se crisper, elle prit de nouveau peur, contourna la table pour mettre un obstacle entre eux deux.

Sa question déstabilisa Gab. Au fond de lui, il savait qu'il devait filer au plus vite, mais l'accusation contenue dans les mots de cette fille le révoltait.

– Coupable ? répéta-t-il. Tu ne sais pas de quoi tu parles. La plupart d'entre nous ont été acquittés.

Méfiante, Aël se dit que le garçon cherchait à l'embobiner.

– On ne jette pas les gens au bagne quand ils sont innocents, affirma-t-elle.

Gab prit une longue inspiration.

– Je n'ai jamais prétendu que j'étais innocent. Mais le juge m'a acquitté, et m'a placé ici pour avoir agi « sans discernement », comme ils disent.

Aël fit une moue interrogative.

– Ça signifie qu'on n'a pas réfléchi, expliqua-t-il, qu'on a agi comme des idiots sans cervelle. Alors on est là pour qu'ils nous mettent du plomb dedans.

– Du plomb ? s'étonna-t-elle.

– Du plomb dans la cervelle, précisa Gab en pointant son doigt sur son crâne.

Aël n'en revenait pas de ce qu'elle entendait.

– Qui me dit que tu n'es pas en train de m'amadouer ? lui lança-t-elle.

Vexé, Gab fit un pas vers la porte.

– Je te crois, lança-t-elle alors qu'il posait sa main sur la poignée. Tu ne peux pas rester comme ça, avec ton épaule blessée. Si on ne fait rien, elle risque de s'infecter.

Surpris par l'emploi du « on », Gab pivota et l'interrogea du regard.

– Je te dois bien ça, dit-elle en désignant son grand-père.

Un instant, Gab se demanda si elle ne lui tendait pas un piège. Mais il lut dans ses yeux une sincérité qu'il n'avait discernée dans aucun des regards qu'il avait pu croiser tout au long de son existence.

Elle lui fit signe d'approcher et de s'asseoir.

– Après, tu t'en iras, précisa-t-elle en se plaçant dans son dos.

Alors que Gab retirait sa chemise, dévoilant de nouveau sa blessure, elle raviva le feu puis mit de l'eau à bouillir. Hésitante, elle s'approcha doucement de lui. C'était la première fois qu'elle côtoyait de si près un garçon.

Quand elle se pencha, il sentit son souffle sur sa peau.

– Ce n'est pas beau à voir, commenta-t-elle. Qui t'a fait ça ?

– Un autre colon. Il n'y a pas que des enfants de chœur parmi nous. Il y a même des assassins.

Ce mot la fit tressaillir.

– À leur contact, un grand nombre d'entre nous sortiront pires qu'ils sont entrés, poursuivit Gab.

Elle trempa un linge propre dans l'eau chaude qu'elle venait de verser dans une bassine, en tamponna avec délicatesse la plaie pour la nettoyer.

– Ils sont censés nous apprendre à lire, compter et écrire, ainsi que nous former à un métier. Mais les instructeurs sont des anciens militaires qui n'en savent guère plus que nous.

Malgré la douleur ravivée, Gab éprouvait un réel soulagement. Le contact des mains de la fille aux cheveux roux était si doux. Et elle l'écoutait avec attention.

– Comment t'appelles-tu ? demanda-t-il en veillant à ne pas lui montrer qu'il avait mal.

– Aël, répondit-elle en trempant dans la bassine le bout de tissu taché de sang.

Elle l'essora ensuite et en tapota de nouveau la blessure.

Il s'attendait à ce qu'elle lui demande à son tour son prénom, en vain.

– Je m'appelle Gab, dit-il alors qu'elle s'approchait du lourd bahut.

Elle en tira un petit pot, y trempa ses doigts.

– C'est un désinfectant, lui expliqua-t-elle quand elle appliqua l'onguent sur son épaule.

Gab sentit un léger picotement, qui cessa dès qu'elle banda sa blessure d'un linge propre.

– J'ai terminé, lui annonça-t-elle. Tu peux te rhabiller.

L'injonction sonnait comme une sentence. Dans quelques minutes, la folle cavale de Gab reprendrait.

Lentement, il se leva, lui adressa un timide merci, osa à peine croiser son regard.

Il ouvrit la porte, eut un mouvement de recul quand le soleil l'aveugla.

– Tu peux te cacher au grenier si tu veux, lança Aël dans son dos sans avoir pris le temps de réfléchir aux conséquences de ses paroles. Personne ne viendra t'y chercher.

Son grand-père lui adressa un sourire.

– Je dois retrouver mes amis, répondit Gab sans se retourner. Je ne sais pas ce qu'ils sont devenus, ni même s'ils sont encore en vie.

– En plein jour c'est trop dangereux, insista-t-elle, encouragée par l'attitude de son aïeul. Les gens d'ici connaissent les caches où se terre le gibier et ils ont une bonne vue. Tu n'as aucune chance. Depuis quand as-tu perdu tes amis ?

Tous les événements de la nuit défilèrent dans l'esprit de Gab. Le repas dans la grotte, les vols dans les maisons, l'arrestation du Râleur, puis leur abri envahi par la marée.

Devait-il accepter la proposition de cette inconnue ? N'allait-elle pas le dénoncer ? Et ne serait-il pas ensuite trop tard pour rejoindre le Lion et les gamins ?

Gab aurait pu ne penser qu'à son propre sort, mais c'était lui qui avait entraîné le Lion. Il se sentait responsable.

– Moi, on ne me recherche pas, murmura timidement Aël. Je peux tenter de les retrouver si tu veux.

LA PROMESSE

Quand Aël emprunta le chemin qui amorçait une longue courbe en direction de la falaise, elle inspira une large bouffée d'air et se laissa emporter par l'odeur puissante et subtile de l'océan à marée basse. Un mélange d'algues, de coquillages, de vase et d'humidité, énuméra-t-elle mentalement pour éviter de songer à sa prochaine rencontre avec les comparses de Gabriel.

Elle se sentait nerveuse.

Des milliers de papillons fous voletaient en tous sens dans son ventre. Elle se remémora ce qu'avait dit le cousin de sa mère, mais aussi son père et l'Angliche. Selon eux, ces bagnards n'étaient que des vauriens, des bandits, des voleurs et même des assassins.

Un long frisson lui parcourut le dos.

Elle repensa au regard de Gabriel – il lui avait donné son prénom complet quand elle l'avait quitté –, où alternaient des lueurs de peur, de tristesse et de détermination. Avait-elle pu se laisser abuser par sa détresse ?

Un instant, Aël se demanda si elle ne commettait pas une terrible bêtise. Confortée par l'assentiment de son grand-père, elle était convaincue de pouvoir faire confiance à Gabriel. Pouvait-il en être de même avec ses compagnons de fuite ?

Elle avait entendu des chasseurs, amis de son père, raconter qu'il n'y a pas plus dangereux qu'une bête traquée qui se sent acculée. Sous l'effet de la panique, de paisibles biches peuvent mettre à terre de vrais colosses, les piétiner et les laisser pour morts avant de fuir.

Aussitôt, Aël s'en voulut d'avoir comparé les fuyards à des bêtes. Elle se dit que les propos des chasseurs étaient sans doute exagérés par les flots de vin qui accompagnaient leurs discussions.

Aël s'en tint donc à sa promesse à Gabriel.

Elle trouva les garçons dans la grotte où ils s'étaient réfugiés au soir de leur évasion. Ils étaient trois. Un grand et deux petits qu'elle n'eut aucun mal à identifier, grâce à la description de Gabriel.

Dès qu'elle apparut, ils s'immobilisèrent et se turent.

– C'est Gabriel qui m'envoie, leur annonça-t-elle dans un souffle sans oser approcher.

L'incrédulité submergea leurs regards arrondis de stupeur. Sans doute en quête d'une indication sur l'attitude qu'il devait adopter, celui que Gabriel appelait Demi-Lune se tourna vers le plus âgé.

– Gabriel ? s'étonna-t-il.

– Gab, si vous préférez, rectifia Aël.

Le Lion hésita un instant puis se leva avec empressement, aussitôt imité par les deux gamins.

– Je suis venue seule, tenta-t-elle de les rassurer alors que son cœur s'était mis à battre beaucoup plus fort.

– Où est-il ? demanda le Lion, méfiant.

– Il est caché chez mon grand-père.

Sans attendre, elle raconta les circonstances de leur rencontre, puis relata avec la plus fidèle exactitude le récit que lui avait fait Gab sur les raisons de son intrusion dans la maison de son grand-père. Elle leur apprit aussi l'arrestation de leur compagnon.

– Le Râleur a été repris, murmura le Lion pour lui-même comme s'il cherchait à se persuader de cette nouvelle.

– Qui nous dit que Gab n'a pas été capturé et que ce sont les gardiens du bagne qui t'envoient pour nous faire sortir de notre cache ? se braqua le Morveux.

– Faites-moi confiance, répondit Aël sur un ton qu'elle souhaitait ferme.

Elle fit un pas dans leur direction avant d'affirmer :

– Je suis là pour vous aider. Vous ne pouvez pas rester ici. Dès que la marée montera, elle envahira cette grotte.

– On le sait, fanfaronna Demi-Lune. On a d'ailleurs tous fini trempés hier soir. Et le Morveux a failli se noyer.

Visiblement vexé que son camarade étale sa mésaventure devant une inconnue, le Morveux rétorqua par un vif coup de coude dans ses côtes.

– Je vais vous conduire dans une autre grotte abritée des marées, expliqua Aël. En plus, elle a deux accès, ça peut vous permettre de fuir en cas d'alerte.

– Pourquoi on n'irait pas nous aussi se planquer chez ton grand-père, comme Gabriel ? lui opposa le Morveux en insistant avec une pointe d'amertume sur le prénom de leur compagnon.

– En plein jour, c'est trop dangereux. Il vous rejoindra dès que la nuit sera tombée.

Le Lion s'approcha d'elle, les deux petits dans son sillage.

– Tu t'appelles comment ? demanda-t-il.

– Aël.

– Jamais entendu un truc pareil ! commenta Demi-Lune.

– C'est un prénom breton, expliqua-t-elle. Ça vient du mot Ange.

Les trois garçons la dévisagèrent avec plus d'intensité.

– Et vous, comment vous appelez-vous ? questionna-t-elle pour masquer sa gêne.

– Lui, c'est Demi-Lune, à cause qu'il est à moitié tondu. Lui, c'est le Lion, car il avait la tignasse d'un lion avant qu'on lui mette la boule à zéro. Et moi, je suis le Morveux, conclut-il.

– Vos surnoms, je les connais, Gabriel me les a appris. C'était vos prénoms que je voulais.

– Puisqu'on te dit qu'on s'appelle comme ça, se braqua le Morveux. D'ailleurs, on s'appelle comme on veut. On est des hommes libres ! affirma-t-il en bombant le torse et en prenant la pose.

Aël se retint pour ne pas pouffer.

– Vos surnoms vous ont été donnés par vos camarades de détention, affirma-t-elle avec conviction. Maintenant que vous êtes dehors, vous pouvez reprendre vos vrais prénoms. Ce serait plus humain.

– Qui es-tu pour nous donner des leçons ? s'énerva Demi-Lune.

Voyant qu'elle n'en tirerait rien, Aël abandonna.

– Je vais vous conduire dans une grotte que peu de gens de Belle-Île connaissent, car elle n'est pas facile d'accès. Vous y serez en sécurité.

Sans attendre, Aël tourna les talons et se dirigea d'un pas rapide vers l'extérieur. Là, le soleil la força un instant à plisser les paupières.

Dans le ciel, des mouettes planaient en scrutant l'océan, à la recherche d'un poisson imprudent qui s'approcherait un peu trop longtemps de la surface.

Des vagues plus puissantes commençaient à lécher le bas de la falaise. La marée remontait déjà.

– Il ne faut pas traîner, venez, leur dit-elle sans se retourner.

Le pied sûr, elle sauta de rocher en rocher, contourna les plus gros, évita les trous d'eau, les algues glissantes et les pierres branlantes, puis s'approcha de la paroi un peu plus loin. Là, amusée par leur manque d'assurance, elle attendit les garçons.

Quand ils l'eurent rejointe, elle leur indiqua l'entrée de la grotte, une vingtaine de mètres au-dessus d'eux.

– Faites attention, c'est très glissant et les rochers sont acérés comme des lames. Si vous dégringolez, ça fera de la bouillie juste bonne à nourrir les crabes, les mit-elle en garde sur le ton de la provocation.

Sous le feu de leurs regards méfiants, elle s'élança la première à l'assaut de la falaise, prenant soin de décomposer chacun de ses gestes afin de leur indiquer où placer leurs pieds.

Combien de fois dans son enfance était-elle venue jouer sur ces rochers, fuyant la rudesse de son père ? Elle s'imaginait alors sur une île déserte et avait fait de ce lieu son territoire, dont elle avait exploré chaque recoin, apprivoisé chaque danger. C'était là qu'elle avait appris à écouter l'appel du grand large.

Quand l'ascension se fit plus périlleuse, Aël sentit Demi-Lune se crisper derrière elle. Elle lui tendit la main pour l'aider à franchir un cap délicat, mais il mit un point d'honneur à la refuser en faisant mine de ne pas l'avoir vue.

Sans un mot, Aël reprit son escalade.

Soudain, le pied de Demi-Lune ripa et il se retrouva suspendu par les bras au-dessus du vide. À la recherche d'un appui, ses jambes pédalaient en vain.

« Il ne tiendra pas très longtemps », se dit Aël.

Quelques mètres en dessous, le Morveux et le Lion retenaient leur souffle. Si Demi-Lune lâchait prise, il les emporterait forcément dans sa chute.

– Arrête de gigoter ! ordonna Aël d'un ton ferme.

Ses paroles n'eurent aucun effet.

– J'arrive ! reprit-elle, déjà en quête d'une prise pour son pied gauche.

À intervalles réguliers, elle regardait la pente. Le fracas des vagues couvrait la voix de Demi-Lune, mais sur ses lèvres elle put lire sa détresse.

– Je veux pas mourir, je veux pas mourir, répétait-il en boucle.

Parvenue à sa hauteur, elle saisit son poignet droit, le somma de se calmer. La panique l'envahissait. Des larmes coulaient sur ses joues. Son visage blême était défiguré.

Plus bas, le Lion et le Morveux levaient vers eux des yeux incrédules.

Plus bas encore, les arêtes vives des rochers déchiquetaient les rubans d'écume apportés par les vagues.

Aël entreprit de le tirer vers le haut, ne parvint pas à le soulever tant il gigotait. Elle inspira profondément pour refouler la panique qui la gagnait à son tour. Puisque sa tactique ne donnait rien, elle adopta un ton plus doux.

– Tout va bien se passer, murmura-t-elle dans un sourire rassurant. J'ai simplement besoin que tu m'aides en te calmant.

Dans la seconde, Demi-Lune cessa de gesticuler.

Elle imagina qu'il n'était plus qu'un seau plein d'eau, comme ceux qu'elle remontait du puits chaque matin, puis tira de toutes ses forces.

Centimètre par centimètre, Aël le hissa jusqu'à un léger renfoncement où il put se remettre sur ses appuis. Là, elle le laissa reprendre son souffle.

Le bonheur d'avoir sauvé Demi-Lune jaillissait dans ses veines en un puissant torrent d'énergie.

Le garçon agrippé à elle, elle n'eut aucun mal à terminer l'ascension.

Une fois dans la grotte, Demi-Lune se laissa tomber sur le sol et ferma les yeux. Il tremblait de tout son corps.

– Portez-le dans le coin, indiqua-t-elle aux deux garçons.

Le Lion le saisit sous les bras, tandis que le Morveux l'attrapait par les chevilles. Alors qu'ils l'appuyaient contre la paroi, Aël retira son fin gilet en laine et l'étendit sur le jeune garçon. Sous l'œil curieux des deux autres, elle s'assit à côté de lui et lui inclina la tête sur son épaule.

Dans un léger gémissement, Demi-Lune frotta sa joue contre elle. Sa respiration se fit plus profonde et plus régulière, alors que son pouce rejoignait sa bouche.

Un instant, le Morveux laissa échapper un gloussement moqueur, qui cessa dès que le coude du Lion vint le rappeler à l'ordre.

Aël leur sourit, puis reporta son regard sur Demi-Lune. Sous la carapace du dur à cuire apparaissait enfin l'enfant. Avec la plus grande douceur, elle lui caressa le front. Ses derniers tremblements cessèrent.

Cachant mal sa timidité, le Lion approcha. À plusieurs reprises ses lèvres s'entrouvrirent, sans qu'aucun son ne sorte.

Aël le fixa et lui adressa un nouveau sourire.

– Je m'appelle Léon, finit-il par lâcher d'une voix hésitante.

– Moi c'est Paul, annonça derrière lui le Morveux qui ne voulait pas être en reste.

Une puissante vague de tendresse et de compassion submergea Aël. Une pensée brûlante jaillit dans son esprit.

« Les mal-aimés », songea-t-elle en se remémorant la phrase de sa mère.

– J'm'appelle Antoine, glissa Demi-Lune sans prendre la peine d'ouvrir les yeux.

CONFIDENCES

Sur le qui-vive, Gab guettait chaque bruit suspect. Le vent s'était levé, faisant par moments craquer la charpente et siffler les ardoises du toit. Si quelqu'un approchait, il ne l'entendrait pas.

Afin d'ériger un mur protecteur, Gab tira deux bottes de foin supplémentaires, qu'il installa face à l'échelle qui montait du bas de la grange à l'étage. Une fois tapi derrière les bottes, il se camoufla en se recouvrant de poignées d'herbe sèche. Dans la semi-obscurité, il espérait que cela suffirait à le masquer.

De l'extérieur il avait à plusieurs reprises perçu des mouvements. Des paroles et des cris aussi. Il avait eu peur, mais le sentiment de liberté était le plus fort.

Dehors, le soleil commençait à décliner. Gab chercha à évaluer l'heure, n'y parvint pas.

La faim lui tiraillait l'estomac, mais cela valait mieux que d'ingurgiter, en silence, la soupe immonde du bagne, sous les regards méprisants des gardiens à l'affût du moindre écart pour justifier leurs châtiments disproportionnés et cruels.

Gab eut une pensée pour le Râleur, qui devait croupir dans un cachot où il resterait enfermé de longues semaines, avec pour toute nourriture du pain sec et de l'eau.

Même s'il devait être déçu d'avoir été si vite repris, Gab savait que le Râleur avait déjà tourné son esprit vers le lendemain, prêt à s'enfuir dès qu'une occasion se présenterait.

Conscient qu'il ne pouvait plus rien pour son ami, Gab huma l'air, chercha à identifier chaque parfum dans le but de renforcer la puissance de ses souvenirs au cas où lui aussi finirait par être repris. Mais son esprit l'entraînait ailleurs. Cette fois, la liberté avait une saveur et une teinte différentes. Elle était plus subtile, plus enivrante, rythmée par un prénom dont la prononciation était aussi douce que le battement d'une aile de papillon : Aël.

Elle l'avait littéralement envoûté.

Par moments, il craignait que cette rencontre ne fût qu'un rêve. Le fruit d'une crise de délire, due à l'accumulation de fatigue et de douleur, ou alors au ras-le-bol des cris des gardiens, de la rudesse de ses conditions de vie et de l'absence d'espoir.

« Aël », répétait-il sans fin, comme pour se convaincre qu'elle existait vraiment. Le léger souffle qu'il produisait caressait à peine ses lèvres en passant et pourtant ce prénom, depuis l'instant où il l'avait entendu, suffisait à remplir toute son existence. Gab s'abandonnait à ses pensées quand un bruit de pas le fit tressaillir.

– C'est moi ! prévint une voix qu'il reconnut aussitôt.

D'un bond, il se redressa, secoua la tête et frotta ses vêtements pour se débarrasser du foin dont il s'était recouvert.

Quand Aël parut en haut de l'échelle, il se sentit heureux, mais aussi effrayé. Il avait dix-sept ans et n'avait jamais approché de fille. Il aurait eu tant de choses à lui dire, alors que son esprit lui semblait vide et en même temps envahi par une brume épaisse.

– J'ai retrouvé les garçons, annonça-t-elle avec fierté. Ils sont adorables.

L'emploi de ce qualificatif blessa Gab, qui sentit poindre une sotte jalousie. Il ne la montra pas.

Elle se tenait face à lui. Un bon mètre les séparait. Il aurait voulu être capable d'effacer cette distance et de prendre sa main dans la sienne, mais il demeura immobile.

Il l'écouta dérouler le récit de la rencontre, la montée vers la nouvelle grotte, la révélation des prénoms du Morveux, de Demi-Lune et du Lion.

Ce dernier, qu'elle n'appelait plus que Léon, lui avait raconté son histoire. Elle semblait en savoir plus que lui sur son ami.

– Je vais aller trouver ma mère, conclut-elle.

Gab se raidit.

– Tu… tu es sûre ? balbutia-t-il, méfiant. Tu as confiance en elle ?

– Tu n'as pas à avoir peur, le rassura-t-elle. Au pire elle m'écoutera en silence, puis retournera travailler sans faire le moindre commentaire. Mais je suis certaine qu'elle n'ébruitera pas l'histoire.

– Et au mieux ? demanda Gab sur un ton vif et dubitatif qu'il regretta.

Aël eut un léger mouvement de recul, se ressaisit.

– Je ne peux pas garder tout cela pour moi. Et puis, seule, que pourrais-je faire pour vous ? Peut-être pourra-t-elle m'aider à trouver un moyen de vous faire quitter l'île.

– Si les gardiens nous rattrapent, nous les tuerons, maugréa Gab en serrant les mâchoires.

– Ne fais pas ça, l'exhorta Aël en s'approchant de lui. Tu donnerais raison à tous ceux qui affirment que vous n'êtes que des assassins !

Aël regarda Gabriel s'éloigner en direction de la grotte. Dans la pâle lueur du crépuscule, il n'était plus qu'une silhouette qui se mêlait aux ombres des taillis et des arbres. Il lui faisait penser à un chat sauvage. Elle aurait aimé disposer d'un peu plus de temps pour apprendre à le connaître, assister à l'effondrement des barrières qu'il avait érigées pour se protéger au long de ses interminables années de détention. Et puis elle le trouvait beau. À cette pensée, son cœur battit plus fort.

Croisant les doigts pour que son père ne soit pas rentré, elle fila vers la maison. Seule sa mère pouvait lui prêter main-forte.

En approchant les fuyards, Aël avait suscité chez eux un espoir qu'elle ne devait pas trahir. Comment les aider ?

Tout en marchant d'un pas pressé, elle posa son regard sur l'océan, réalisa que son île pouvait être une prison.

Réussirait-elle elle aussi, un jour, à s'évader ?

Elle fixa son attention sur le chemin cahoteux. Ce n'était pas le moment de se blesser.

Quand enfin elle parvint en vue de la maison, un point de côté douloureux la tiraillait. Dans l'obscurité, une douce lumière filtrait à travers les fenêtres.

Elle ralentit l'allure, tenta de reprendre son souffle.

– Où étais-tu, ma fille ? demanda sa mère quand elle poussa la porte.

– Papa n'est pas là ? la pressa Aël.

– Non, il n'est pas rentré depuis hier, dit-elle en secouant la tête.

– Je dois te parler, maman.

– Que se passe-t-il ? l'interrogea-t-elle, laissant paraître l'inquiétude qui la rongeait.

– J'ai rencontré des mal-aimés, annonça Aël en la fixant dans les yeux.

Elle vit la bouche de sa mère trembler, ses yeux se voiler. Puis celle-ci se retourna pour lui cacher son visage.

– Maman, j'ai besoin de toi pour les tirer d'affaire.

Sa mère demeura silencieuse et immobile, comme si les paroles d'Aël l'avaient transformée en statue.

– Ce ne sont pas des monstres, insista-t-elle en s'approchant. Les monstres sont ceux qui les ont enfermés. Il faut les aider à fuir loin d'ici.

Aël posa une main sur l'épaule de sa mère, que celle-ci recouvrit de la sienne.

Touchée par ce geste inhabituel de tendresse, Aël y déposa un baiser, puis un second.

Quand sa mère pivota pour lui faire face de nouveau, ses yeux étaient noyés de larmes.

Aël l'aida à s'asseoir, lui servit un verre d'eau.

– Je sais qu'ils ne sont pas des monstres, murmura-t-elle.

Une larme coula sur sa joue précocement ridée.

– Maman, qu'est-ce qu'il y a ?

Sa mère ferma un instant les yeux, puis les rouvrit. Ce n'étaient plus les mêmes.

– Seras-tu capable de ne pas me juger ? demanda-t-elle sans croiser le regard de sa fille.

Aël sentit le sol se dérober sous ses pieds. Elle s'agenouilla devant sa mère et serra ses mains dans les siennes.

– Qu'est-ce qu'il y a ? renouvela-t-elle simplement.

– Il s'agit d'une vieille histoire, qui me hantera jusqu'à mon dernier jour, commença sa mère.

Aël cessa de respirer. Elle avait l'impression que son cœur avait arrêté de battre.

Il y eut un long silence, qu'elle n'osa pas troubler, tant il semblait annoncer une confession.

– Quand j'avais ton âge, je suis tombée amoureuse. J'aurais voulu me marier, mais mes parents s'y sont opposés car l'homme que j'aimais était un étranger.

Ses yeux étaient perdus au-delà des murs de la maison. Une infinie tristesse ravageait son visage.

– J'ai continué à le voir en cachette, poursuivit-elle d'une voix blanche, et je me suis retrouvée enceinte.

Un sanglot l'étouffa. Elle abaissa une nouvelle fois ses paupières.

Aël vacillait. Une multitude de points lumineux fourmillaient devant ses yeux.

Cet étranger était-il son père ? L'envie d'en savoir plus la dévorait, mais au fond d'elle-même, elle savait qu'une fois la vérité dite, rien ne serait plus comme avant. Aussi, elle attendit en silence que sa mère reprenne.

– À la naissance du bébé, mes parents m'ont forcée à l'abandonner. Il a été placé à l'assistance. C'était un garçon.

Aël fit aussitôt le lien avec ce que lui avait raconté Gabriel : le sort de ces enfants sans famille, qui pour la plupart d'entre eux grandissaient dans les colonies pénitentiaires.

– Il est… ici ? Au bagne de Belle-Île ? pressa-t-elle sa mère.

Celle-ci prit une profonde inspiration, essuya longuement ses larmes du revers de son poignet, puis se moucha.

– Non. Il est mort, avant ses trois ans. J'ai tellement honte de l'avoir abandonné. Peut-être que si j'avais pu l'aimer…

Aël aurait voulu trouver les mots pour l'apaiser, mais elle était incapable de formuler la moindre pensée.

– Papa sait ? demanda-t-elle enfin.

– Oui, lâcha-t-elle en abaissant son regard vers le sol. Mes parents avaient doublé la dot pour qu'il accepte de m'épouser.

Une main sur la bouche, Aël secoua la tête de dépit. Sa mère lui parut tellement fragile.

Quand celle-ci releva le menton, leurs yeux s'accrochèrent.

– Ces garçons ne méritent pas le sort qu'on leur fait subir. Ils ont simplement besoin qu'on les aime. Tu dois m'aider, l'exhorta Aël.

– Combien sont-ils ?

– Quatre. Je les ai cachés dans une grotte.

– Dis-leur de se tenir prêts, lança sa mère en se levant.

Une soudaine détermination envahissait son visage et sa voix.

– Prêts à quoi ? questionna Aël, incrédule.

– Je vais demander à mon cousin de les conduire sur le continent.

– Tu crois qu'il acceptera ?

– Ne t'inquiète pas. Il me doit bien ça, affirma-t-elle, confiante.

Aël s'apprêtait à lui en demander la raison quand elle reprit :

– File vite les prévenir. Pendant ce temps je préparerai quelques affaires et des vivres.

– Et papa ? s'inquiéta Aël.

– Je lui dirai que tu es partie dormir chez le grand-père. Mais je ne suis pas certaine qu'il rentre de sitôt.

AUTOUR DE LA LAMPE-TEMPÊTE

Dans la grotte, Gab, à l'écart, consultait les fiches que le Lion avait soigneusement conservées. Les gamins étaient plutôt calmes, mesurant leur force en lançant des cailloux le plus loin possible dans l'océan, sans savoir lequel gagnait puisqu'ils se perdaient dans la nuit.

Son récit de l'arrestation du Râleur les avait terrorisés. Pour les consoler, Gab leur avait expliqué que la liberté est un trésor fragile, aussi difficile à conserver que du sable dans un poing serré.

Le Lion n'avait fait aucun commentaire, s'était réfugié dans un profond mutisme. Lui savait que jamais ils ne pourraient vraiment prendre leurs vies en main. Même loin d'ici, ils pourraient à tout moment être repris, puisque leurs signalements avaient été transmis à toutes les gendarmeries du territoire.

Gab le savait aussi. Seulement cette fois, il était décidé à ne pas laisser passer sa chance. Un ange veillait sur lui. Cet ange s'appelait Aël.

Il se remémora la douceur de ses mains sur sa peau alors qu'elle le soignait, puis la chaleur de son timbre de voix.

Reviendrait-elle, comme elle le lui avait promis ? se demanda-t-il.

Il se replongea dans l'étude des fiches. Autant de fiches, autant d'histoires, se dit-il. Mais toutes racontaient la même chose : le destin – généreux un jour, cruel le lendemain, les jours, les semaines et les mois suivants – avait tracé leurs vies depuis leur plus jeune âge.

Convaincu qu'il devait à tout prix penser au futur, Gab repoussa le défilé sinistre des images de son enfance. Une seule aurait mérité de persister dans sa mémoire, mais elle avait depuis longtemps disparu. En pensant à sa sœur, il ressentit un violent pincement au cœur, qui s'adoucit quand il réalisa qu'il la reverrait peut-être bientôt.

Parmi les fiches, il tomba sur celle du Cogneur. Il constata que celui-ci avait menti sur son âge, se vieillissant d'un an, et qu'il s'était inventé des exploits. Sans doute pour oublier son passé et mieux terroriser les bagnards qui s'approchaient un peu trop près de lui, se dit Gab qui, comme tous les autres, s'en était tenu à la version affichée par le Cogneur.

Il relut attentivement l'ensemble des informations et finit par conclure que si elles constituaient une explication, elles ne pouvaient pas excuser son comportement violent. La douleur à son épaule lui rappela combien la rancœur qui les opposait était tenace.

Alors qu'il s'apprêtait à partager sa découverte avec les autres, Aël fit irruption dans la grotte. Son sourire illuminait l'endroit tant il rayonnait. Ses cheveux roux dénoués flottaient sur ses épaules.

Gab était subjugué.

– J'ai deux bonnes nouvelles pour vous ! annonça-t-elle.

Demi-Lune et le Morveux approchèrent en courant, bousculant presque Gab pour prendre place devant elle.

– La première, c'est que… voici un saucisson !

Joignant le geste à la parole, Aël l'exhiba à bout de bras au-dessus de sa tête.

Les gamins bondirent pour attraper son poignet et se saisir de la précieuse nourriture.

– Demi-L… euh, Antoine et Paul, se reprit Gab, laissez-la parler par pitié !

À ces mots, les deux petits cessèrent, tout en regardant déjà si un autre trésor dépassait des poches de leur visiteuse.

Aël éclata de rire, pencha sa tête en arrière en arrangeant ses cheveux.

Ce mouvement hypnotisa littéralement Gab.

– Alors ? la pressa Demi-Lune.

– La prochaine fois que je viendrai vous voir, je te raserai la tête. C'en sera fini de Demi-Lune et tu redeviendras Antoine pour toujours.

– C'est ça ta bonne nouvelle ? se lamenta celui-ci.

La déception avait transformé son visage, qui s'habilla d'une expression joyeuse quand ses yeux gourmands lorgnèrent de nouveau le saucisson.

– J'ai trouvé un moyen pour vous faire quitter l'île !

De longues secondes, seul l'écho du fracas des vagues sur les parois de la grotte prouva que la terre ne s'était pas arrêtée de tourner et que le temps n'avait pas stoppé sa course.

– Quand ? risqua le Morveux.

– Je ne sais pas encore, mais bientôt.

Sans se consulter, tous se mirent à fixer avec espoir l'horizon. Au-delà de la nuit, il y avait le continent. « Et, plus loin encore, se trouve l'Angleterre », songea Gab.

– Je vous informerai très vite quand viendra la barque, dit Aël dont ils avaient tous oublié l'existence une fraction de seconde.

– Une barque, répéta Demi-Lune sans y croire.

Le Morveux prit Aël par la main, l'entraîna dans une danse improvisée tandis qu'elle abandonnait le saucisson au Morveux.

– Qui en veut ? demanda celui-ci alors qu'il coupait des rondelles.

– Pas pour moi, dit Aël en refusant le bout que le Lion lui tendait déjà. J'ai pas besoin de prendre des forces.

Aussitôt, les deux petits gonflèrent leurs biceps pour montrer la leur.

Décidé à profiter de l'instant, Gab abandonna sa part de saucisson aux trois autres et entraîna Aël à l'écart.

– Pourquoi tu fais tout ça pour nous ? demanda-t-il en la fixant dans les yeux.

Elle lui sourit.

– Et pourquoi pas ? répondit-elle simplement.

Ils s'approchèrent du bord de la grotte, s'assirent en laissant pendre leurs jambes dans le vide.

– Peut-être que j'ai simplement envie que vous puissiez vivre autre chose, compléta-t-elle.

Gab aurait voulu se rapprocher d'elle, prendre sa main dans la sienne, mais il était trop tendu. Un sourire amer crispa ses lèvres.

– Que se passe-t-il ? Ça ne va pas ? demanda-t-elle alors d'une voix si douce qu'elle suscitait la confidence.

Résolu à partager ce qui le minait, Gab prit une longue inspiration et se laissa aller.

– J'ai dix-sept ans et je sais rien de la vie. Je ne connais que les cellules et les gardiens qui aboient pour nous casser et faire de nous des chiens dociles. Comment ferons-nous pour vivre, une fois libres ?

Gab observa ses compagnons d'infortune qui mangeaient.

– C'est surtout pour eux que je m'inquiète. Moi, j'ai une sœur.

– Une sœur ? réagit Aël en écho à la révélation de sa mère un peu plus tôt.

– Oui, elle vit à Londres, précisa Gab. Je voudrais la retrouver. Elle est ma seule famille, tu comprends.

Il se perdit en pensée dans les rues de cette ville immense qu'il imaginait moderne et bruyante. Il tenta de visualiser le moment de la rencontre avec cette sœur dont il ne connaissait ni le prénom, ni les traits. Au plus profond, il était convaincu que le lien du sang qui les unissait serait suffisamment fort pour qu'aucun d'eux n'éprouve la moindre hésitation à reconnaître l'autre.

– Il faut que j'y aille, glissa Aël en se levant. Tenez-vous prêts à partir. Je reviendrai avec de la nourriture et des vêtements. Et si vous me faites une petite place…

Elle ne termina pas sa phrase.

– Bien… bien sûr, balbutia Gab.

Pris au dépourvu, il la regarda s'en aller, incapable d'esquisser le moindre geste ni de prononcer une parole. Dès qu'elle fut hors de sa vue, il regretta de ne pas avoir trouvé le courage de lui prendre la main. Il se fit la promesse qu'une fois sur le bateau, il ne la lâcherait pas tout le temps que durerait la traversée.

– Tu penses qu'elle sera grande comment, la barque ? demanda le Morveux en tirant sur sa manche.

– Elle aura des voiles immenses et fendra l'océan comme un dauphin, répondit Gab pour masquer son trouble.

Satisfait, le jeune garçon hurla sa joie et interpella les autres.

– Elle nous emmènera à l'autre bout du monde et personne ne pourra plus nous rattraper.

Un cri énorme emplit la grotte.

Tout en tentant d'imaginer leur prochain départ, ils terminèrent le saucisson avec voracité.

Dans le ciel, dès que les nuages leur abandonnaient un petit espace, les étoiles brillaient.

Les fugitifs prirent place autour de la lampe-tempête. Aucun d'eux n'avait envie de dormir tant l'excitation était à son comble.

Dans la lueur vacillante de la flamme, Gab observa ses amis. Le Lion était celui qui paraissait le moins enthousiaste. Il hésita un instant à l'interroger, mais se dit que rien ne devait venir gâcher ce moment.

– Quand je serai libre, je dormirai tous les jours jusqu'à midi, lança le Morveux.

– Et moi, je travaillerai dans une auberge, expliqua Demi-Lune. Je goûterai à tous les plats et je deviendrai énorme !

Ils éclatèrent de rire, imaginèrent leur camarade avec trente kilos de plus.

Soudain, une voix goguenarde tonna dans l'obscurité :

– Gab les yeux gris ! Je t'avais dit qu'on se retrouverait !

LA CONFRONTATION

Les paroles du Cogneur résonnèrent dans la grotte avec la violence d'un coup de canon. De la silhouette qui se fondait dans la nuit émergeait un sourire qui barrait tout le visage.

Gab fit signe à ses camarades de ne pas bouger, fouilla l'obscurité du regard.

– Je suis seul, annonça le Cogneur qui avait deviné son inquiétude. Tous les autres ont été repris.

– Comment ? demanda Gab qui souhaitait un moment de répit pour évaluer la situation.

Il n'écouta pas la réponse du Cogneur tant ses pensées bondissaient en tous sens. « Il est seul. » « Nous sommes quatre. » « Il y a une seconde issue. » « Les petits ne me seront d'aucune aide. » « Le Lion non plus, il ne s'est jamais battu. » « C'est moi qu'il veut. » « Il veut ma peau. » « La confrontation va tourner au duel. »

Gab pensa aussi à son épaule qui l'affaiblissait. Le combat serait déséquilibré. Il revit un instant le Lion assommant le Gueulard alors qu'ils venaient, le Râleur et lui, d'être surpris en train de voler les fiches dans son bureau. Pourrait-il renouveler son exploit ? Gab ne pouvait pas tout miser sur cette hypothétique éventualité. « Le Cogneur est trop méfiant et ne se laissera pas surprendre », conclut-il sans savoir comment il pourrait s'en sortir.

– Cette île est une prison. Vous savez comme moi qu'il n'existe aucun moyen de fuir et que nous serons tous repris. C'est une question d'heures ou de jours. Avant d'être repris, nous allons régler nos comptes, Gab les yeux gris. Il n'y a pas de place pour tous les deux dans ce foutu bagne.

La menace était sans équivoque. Les derniers doutes de Gab au sujet des intentions du Cogneur venaient de se volatiliser.

Il songea à Aël, soulagé qu'elle se trouve loin d'ici. Il songea aussi au bateau qu'elle leur avait promis, à l'allusion qu'elle avait faite sur sa volonté de se joindre à eux. Ces images douces, au parfum d'avenir, se télescopaient avec celles, terribles, qu'auguraient les propos du Cogneur.

– Lève-toi ! ordonna-t-il à Gab.

– On t'a rien demandé, lâcha Demi-Lune. Laisse-nous tranquilles.

D'un geste de la main, Gab lui intima de se taire et se leva. La douleur dans son épaule lui sembla plus intense.

Le Cogneur fit un pas dans sa direction et entra dans le halo de lumière, les poings déjà serrés. Son regard exprimait toute la haine qu'il vouait à Gab.

– Si on discutait ? proposa ce dernier pour gagner du temps.

– Discuter ? reprit le Cogneur en éclatant de rire. De quoi ?

– Jean, commença Gab avec aplomb. C'est bien ainsi que tu t'appelles, non ?

Il sentit le Cogneur se raidir.

– Qui t'autorise à m'appeler comme ça ?

– Moi c'est Gabriel, poursuivit-il.

– Je me fous de savoir comment tu t'appelles.

– J'ai lu ta fiche. Je sais tout ce que tu as enduré.

– Tais-toi. N'essaye pas de m'embobiner.

Un léger tremblement brouilla sa voix.

– Je sais ce qui est arrivé à ta mère.

– Je t'interdis de parler d'elle.

– Ta fiche explique comment elle est morte. Tu ne pouvais rien faire pour la sauver. On s'en fout que tu racontes à tout le monde que tu as tué le type qui a fait ça. Tu ne pouvais rien contre lui. Tu étais trop jeune.

Des larmes coulaient sur les joues du Cogneur. Son visage s'était décomposé.

– Ferme-la ! menaça-t-il en levant ses poings vers Gab.

– On ne dira rien, tenta-t-il. Plus personne ne te traitera de menteur. À ta place, nous n'aurions pas pu la sauver non plus.

Le regard du Cogneur se posa sur le Lion et les deux gamins qui avaient reculé pour se plaquer contre la roche.

– Personne ici ne dira rien, affirma Gab.

D'un mouvement de la tête, tous les trois confirmèrent.

– C'est trop tard, marmonna le Cogneur en se jetant sur Gab.

Le premier coup l'atteignit au ventre, le second frappa sa mâchoire inférieure.

Sonné, Gab arma son pied droit, visa les genoux du Cogneur pour le plaquer au sol. Mais, tel un boxeur professionnel, l'autre sautillait sur place et réussit à éviter toutes ses tentatives.

D'un mouvement vif, le Cogneur se baissa, saisit son pied et le leva brutalement en se redressant. Déséquilibré, Gab bascula en arrière. Quand sa tête toucha le sol, un bourdonnement sourd brouilla ses sens et le propulsa dans un néant cotonneux.

Alors que Gab reprenait connaissance, le Cogneur, à cheval sur lui, serrait sa gorge. Le Lion avait passé son bras autour du cou de son assaillant et tentait en vain de le tirer en arrière.

Les deux gamins se jetèrent à leur tour sur le Cogneur. D'un coup de coude, ce dernier éjecta Demi-Lune, qui roula au sol.

Les poumons de Gab réclamaient sans succès de l'air. La pression dans sa tête était telle qu'il lui semblait qu'elle allait éclater.

Il aurait voulu convaincre le Cogneur qu'une autre issue était possible, qu'il y aurait une place pour lui sur la barque, qu'il pourrait commencer une nouvelle vie une fois sur le continent et chasser les fantômes du passé qui le hantaient. Mais des gargouillis se formaient dans sa gorge.

Les battements de son cœur lui semblèrent soudain plus lointains, comme emportés par une bourrasque. Gab baissait les paupières, prêt à abandonner, quand il perçut un éternuement.

Sans oxygène, son cerveau divaguait, le ramenait dans sa cellule. L'éternuement était celui du surveillant, qui ponctuait de ce tic ses rondes de nuit à intervalles réguliers.

Soudain, la pression sur sa gorge se desserra. Gab ouvrit les yeux. Le Cogneur s'était redressé et regardait derrière lui.

– Les gardiens arrivent ! prévint le Morveux alors que le Lion soufflait sur la mèche de la lampe-tempête pour l'éteindre.

Le noir envahit aussitôt la grotte.

– Il y a une autre issue, murmura Gab en forçant sa voix. Il faut fuir au plus vite !

– Mais comment Aël et son bateau pourront-ils nous retrouver ? demanda naïvement Demi-Lune.

– C'est pas le moment de penser à ça ! le moucha Gab.

Sans attendre, le Cogneur lui tendit une main pour l'aider à se remettre debout.

Gab se pencha au-dessus du vide, aperçut les gardiens à l'assaut de la falaise. Dans quelques secondes, ils pénétreraient dans leur refuge.

– Là ! J'en vois un ! clama l'un d'eux.

Déjà Gab entraînait la troupe au fond de l'abri. Aël lui avait montré comment, en grimpant sur une pierre plate légèrement surélevée, ils pouvaient ramper pour atteindre la falaise une trentaine de mètres plus loin.

Faisant taire la douleur de son épaule et de sa gorge pour ne pas ralentir le groupe, il ouvrit la voie.

Tout près, des pas se précipitaient à leur suite.

– Halte-là ! hurla une voix puissante.

Minces et souples, les bagnards possédaient un avantage sur les gardiens. « Tout n'est peut-être pas perdu », se motiva Gab.

Derrière lui, il reconnut le souffle du Lion. Il poussa sur ses jambes, tira sur ses bras. Il ne voulait pas être repris.

Devant lui, l'étroit conduit s'élargit enfin. Il put s'accroupir, tendre une main pour permettre à son ami de quitter plus rapidement l'endroit, et vit surgir le Cogneur.

– J'en ai un ! hurla victorieusement un gardien. Les autres s'enfuient là, devant ! Ils sont au moins deux !

LA COULEUR DE L'ÉCUME

Les cris des gardiens couvraient le fracas des vagues. Agrippé à la paroi, Gab jeta un coup d'œil vers le bas. L'écume blanche accrochait la faible lueur de la lune, brodant une sorte de drap mouvant qui lui fit penser à un linceul. Une sensation de vertige le saisit.

Il détourna le regard, ferma un instant les yeux, repensa au visage d'Aël. Sa longue chevelure rousse envahit son esprit, le réchauffa comme l'avaient fait les flammes de la cheminée chez le grand-père. Il fut heureux qu'elle soit loin d'ici.

– Halte-là ! Vous ne pourrez pas aller bien loin, menaça un gardien.

Gab se concentra sur ses gestes. La roche humide était glissante, rendant les prises fuyantes.

La liberté méritait-elle qu'ils courent de tels risques ? Il commençait à douter.

Le Cogneur, le Lion et Demi-Lune le suivaient sans paraître se poser de questions.

Pour le Morveux, l'aventure était terminée. Les gardiens devaient déjà lui faire regretter d'avoir tenté de fuir.

Cette pensée refoula ses doutes. Le contact froid de la roche lui parut alors moins sévère, presque amical, comme si cette île venait de décider de devenir leur alliée.

À la recherche d'une mince fente où glisser ses doigts, d'une arête saillante pour s'agripper, ses mains fouillaient la paroi. Dès que Gab tenait une prise ferme, il tirait sur ses bras, cherchait un appui pour ses pieds.

Ses mains étaient gelées, mais la rage qui coulait dans ses veines anesthésiait ses souffrances.

Soudain, le doute l'assaillit de nouveau. Aël avait indiqué qu'ils devaient suivre une faille inclinée sur la gauche qui leur permettrait d'atteindre, après quelques mètres, une longue corniche au bout de laquelle ils trouveraient l'accès pour les mener en haut.

N'avaient-ils pas dépassé cette faille ?

Gab se figea, observa la paroi tout autour, à la recherche du moindre indice.

– Avance ! le pressa le Cogneur. Les gardiens vont nous rattraper !

Gab ne l'écoutait pas. La lumière rasante de la lune faisait ressortir chaque anfractuosité. Mais comment pouvait-il repérer son chemin dans un tel chaos ? Soudain, il aperçut une ligne plus sombre, penchée sur la gauche, quelques mètres derrière eux.

– Nous avons dépassé la voie indiquée par Aël. Il faut rebrousser chemin, ordonna Gab.

– T'es dingue, protesta le Cogneur. Tu veux nous jeter dans la gueule du loup ?

– C'est le seul moyen pour gagner le sommet de la falaise. Crois-moi. Aël connaît cet endroit comme sa poche, insista Gab.

– Qui c'est celle-là ? dit le Cogneur d'un ton mauvais. Fais ce que tu veux, moi je continue. Je n'ai aucune envie de retourner au bagne.

Avec des gestes sûrs et décidés, le Cogneur se hissa un peu plus haut pour contourner Gab et continuer plus avant. Au passage, il tenta de l'atteindre de son pied, mais Gab parvint de justesse à esquiver le coup. Sans attendre, il rejoignit le Lion et Demi-Lune, leur fit signe de suivre la faille qui s'élançait devant eux. À une trentaine de mètres, il aperçut les gardiens qui ressemblaient à de gros insectes malhabiles.

Cette vision lui redonna espoir.

Désormais, Demi-Lune ouvrait la marche, suivi du Lion, tandis que Gab effaçait la faible distance qui les séparait.

La faille offrait des prises évidentes, facilitant leur ascension. Bientôt, ils distinguèrent la corniche au-dessus de leurs têtes.

Derrière, leurs poursuivants n'étaient plus visibles.

Alors que le Lion atteignait le replat, un cri terrible déchira la nuit, qui cessa après quelques secondes. Gab eut l'impression que tout son sang se figeait dans ses veines. Crispé, il reprit son ascension et rejoignit ses amis.

Il suivit le regard défait du Lion, aperçut le corps immobile du Cogneur sur les rochers acérés tout en bas. Il n'avait pas pu survivre à une telle chute.

Quand il saisit le Lion par le bras pour l'encourager à continuer, il constata qu'il tremblait de tous ses membres et était incapable de faire le moindre geste.

– Nous ne pouvons pas rester là, c'est trop dangereux, insista-t-il.

Son ami refusait de bouger.

Il tenta de l'entraîner de force, mais le Lion résista, comme hypnotisé par le corps disloqué et les explosions d'écume.

Aidé de Demi-Lune, il parvint à le traîner derrière un gros rocher.

– Ici, les gardiens ne le trouveront pas, expliqua Gab au gamin. S'ils nous voient en train de grimper plus haut, ils nous suivront. On reviendra le chercher plus tard.

D'un signe de tête, Demi-Lune approuva.

Mais leurs poursuivants arrivaient déjà.

Gab se plaqua à la paroi et se pressa contre ses compagnons.

– Ils ne doivent pas être bien loin ! s'écria un des hommes.

Gab sentit la main de Demi-Lune chercher la sienne, la serrer fort.

Il lui fit signe de ne pas bouger.

En se fracassant contre la paroi, les vagues puissantes faisaient vibrer la roche, en écho à leurs propres tremblements.

Leur fuite touchait à sa fin.

Déjà Gab entrevoyait la dureté de leur retour au bagne.

– Il va falloir être courageux, glissa-t-il à l'oreille de Demi-Lune, ne pas te laisser abattre par les coups, les brimades et les insultes. Même si le temps semble interminable en cellule d'isolement, on finit toujours par en ressortir. La liberté a un prix. Si elle n'est pas au rendez-vous cette fois, il faudra saisir une autre occasion, et un jour…

Gab ne put dire un mot supplémentaire. Il pensa à cette sœur qu'il ne connaîtrait peut-être jamais. Il pensa aussi à Aël et son cœur se serra plus fort encore.

Une immense lassitude s'abattit sur lui, qu'il prit garde de ne pas montrer à Demi-Lune.

Derrière eux, le Lion se leva. Son visage avait la couleur de l'écume.

– Attention ! Ils vont te voir, le mit en garde Demi-Lune.

– Je ne pourrai jamais fuir, murmura-t-il d'une voix blanche. Depuis deux jours je crève de peur. C'est un cauchemar que je traverse. Je ne peux pas continuer. Je veux rentrer.

– Ils sont là ! hurla un des gardiens.

Gab regarda le Lion avancer dans leur direction.

– Où sont tes complices ? le pressa l'homme.

Le Lion tendit le bras pour indiquer le bas de la falaise.

– Il ne reste que moi, affirma-t-il. Gabriel vient de tomber et vous avez déjà attrapé Paul.

– Nous n'étions que tous les trois, confirma le Morveux que les gardiens avaient amené et ligoté. Puis il fondit en larmes pour achever de les convaincre.

Embarrassés, les gardiens hésitèrent un instant. L'un d'eux lâcha :

– Ce sont les crabes qui vont être contents !

– Leur chair n'en sera que meilleure, surenchérit le second. Je vais indiquer ce coin à mon frère qu'est pêcheur.

Des rires gras et méprisants couvrirent le bruit des vagues. Surpris par ce vacarme inhabituel, deux goélands quittèrent leur refuge et s'élevèrent dans le ciel en lâchant des cris qui ressemblaient à des ricanements moqueurs.

Des larmes plein les yeux, Gab imagina qu'ils raillaient le vil troupeau de leurs poursuivants. À côté de lui, Demi-Lune pleurait aussi.

– Le Lion s'est sacrifié pour nous sauver, marmonna-t-il entre deux sanglots.

Gab l'attrapa par le cou et le serra contre lui.

S'ils parvenaient à quitter cette île, il l'emmènerait avec lui jusqu'à Londres.

LA BATTUE

Afin de protéger les vivres lors de la traversée, Aël aida sa mère à rouler du pain, un jambon ainsi qu'un saucisson dans un torchon. Elles glissèrent le tout dans un sac en toile beige épaisse.

– Ajoute cette couverture, suggéra-t-elle à sa fille.

Pour qu'elle prenne le moins de place possible, celle-ci la plia avec soin.

Hormis ces recommandations, sa mère était silencieuse. Aël aurait eu tant de questions à lui poser sur cet enfant inconnu qui avait été son frère. Elle aurait voulu savoir à quoi il ressemblait, connaître le prénom que sa mère aurait souhaité lui donner. Elle garda ses interrogations pour elle. Pour ne pas la gêner, pour ne pas tisser non plus une intimité nouvelle qui aurait compromis son départ avec les fuyards.

Car Aël était toujours décidée à quitter l'île avec eux. Sa mère en souffrirait, mais au fond d'elle-même, ne serait-elle pas soulagée de la voir échapper à la loi du père ?

Aël se promit de lui écrire pour la rassurer dès son arrivée sur le continent. Et peut-être parviendrait-elle un jour à la convaincre de la rejoindre ?

D'une boîte métallique, sa mère tira quelques pièces, qu'elle lui tendit.

– Prends ça aussi, dit-elle simplement.

Aël se demanda si elle n'avait pas deviné son projet.

Elle sentit le sang monter à ses joues, se tourna pour dissimuler son visage et sa gêne.

– Il est temps de filer. Le cousin viendra dès que la marée sera haute. Après, il faudra renoncer.

Alors qu'Aël embrassait sa mère, elle retint ses larmes.

– Merci, lui murmura-t-elle à l'oreille.

– Ne tarde pas. À cette heure, la marée doit déjà commencer à remonter.

La gorge nouée, Aël attrapa le sac, passa la sangle sur son épaule. Elle fut tentée de se retourner, de fixer dans sa mémoire chaque détail de cette pièce qui l'avait vue grandir.

Dehors, la caresse du vent l'aida à reprendre ses esprits.

Au loin, des dizaines d'oiseaux tournoyaient au-dessus des falaises. Leur arrivait-il de voler jusqu'au continent ?

Elle remontait le chemin d'un pas vif quand son père apparut face à elle.

– À qui emmènes-tu tout ça ? demanda-t-il d'une voix sèche.

– À grand-père, mentit-elle. Avec cette traque, il n'y a plus que moi pour m'occuper de lui.

Il la regarda un instant d'un air soupçonneux.

– J'ai d'autres projets pour toi !

– Mais... protesta-t-elle.

– Tu vas me suivre, ordonna-t-il en pivotant sur lui-même pour faire demi-tour.

Si elle fuyait en courant, il la poursuivrait. Elle n'aurait aucune chance de rejoindre les fugitifs et les mettrait en danger.

La mort dans l'âme, elle suivit donc son père avec l'espoir que, très vite, elle pourrait lui fausser compagnie.

– Qu'est-ce qui se passe ? demanda-t-elle en accélérant pour revenir à sa hauteur.

– Il va y avoir une battue.

Chaque parole de son père claquait comme un coup de fusil.

– Une battue ? reprit-elle, la voix tremblante.

– On va ratisser toute l'île pour retrouver les derniers bagnards. La prime de vingt francs va être coupée en deux. Dix francs pour celui ou celle qui verra un de ces vauriens en premier. Et dix francs que se partageront les participants à la battue. Du coup, avec toi, ça nous fera deux parts. Tu as intérêt à bien ouvrir les yeux !

Malgré le vent venu du large, Aël eut l'impression de manquer d'air. Comment pouvait-elle faire comprendre à son père que ces jeunes avaient, avant tout, besoin d'amour ? Qu'elle était prête à rester sur l'île s'il acceptait de les aider ? Elle cherchait les mots pour lui raconter sa rencontre avec Gabriel, Léon, Antoine et Paul, quand il doucha tous ses espoirs.

– Mériteraient qu'on les abatte un par un, ces voyous, lança-t-il sur un ton virulent. On pourra jamais rien en tirer de bon. Les autorités perdent leur temps avec ces colonies, et gaspillent l'argent du contribuable.

Aël sentit son ventre se crisper et le sol se dérober sous elle.

– Ils ne sont peut-être pas si terribles, tenta-t-elle.

– Pas si terribles ? grogna son père. Il y a quelques années, alors qu'ils naviguaient au large avec un surveillant pour une séance d'école de nage, quatre se sont jetés sur lui. Ils l'ont sauvagement frappé à coups d'avirons avant de le pendre au mât.

Aël tressaillit. Elle se souvint des paroles de Gab alors qu'elle soignait sa blessure. À l'intérieur du bagne, il n'y avait pas que des enfants de chœur, aussi des assassins.

– Ne les mets pas tous dans le même sac, insista-t-elle.

Son père fit mine de ne pas avoir entendu et pressa le pas.

Après une vingtaine de minutes de marche, ils parvinrent au point de rendez-vous. Des dizaines d'hommes et de femmes attendaient déjà, munis de fourches et de bâtons pour la plupart.

Aël reconnut leurs voisins, identifia aux tenues qu'ils portaient de nombreux touristes. Il y avait aussi une troupe importante de gardiens, qu'elle ne put s'empêcher de fusiller du regard.

Il régnait une ambiance presque joyeuse, qui lui répugna. Cette battue était un moyen facile de gagner de l'argent pour certains, une distraction pour les autres.

Une voiture s'avança sur la route voisine et s'aventura sur le champ dans lequel ils se trouvaient. Aël reconnut celle qui l'avait dépassée en trombe le soir de l'évasion, alors qu'elle se rendait dans la ville du Palais.

Le chauffeur s'arrêta non loin d'eux, sortit aussitôt pour ouvrir la porte de son passager. Un homme quasi chauve, d'une stature impressionnante, s'extirpa du véhicule dans une grimace. Il rajusta son veston clair, fit quelques pas en direction du groupe.

Les gardiens se figèrent.

– Bonjour, monsieur le directeur, fit l'un d'eux.

Le nouveau venu le salua d'un signe de tête, puis s'éclaircit la voix, ce qui imposa le silence à tous.

– Mesdames et messieurs, commença-t-il. Je tiens tout d'abord à vous remercier d'avoir répondu si nombreux à notre appel. Je me réjouis de cet élan citoyen.

Un brouhaha de satisfaction parcourut le groupe qui grossissait sans cesse avec l'arrivée de nouveaux volontaires.

– Nous devons capturer tous ces fuyards afin qu'ils réintègrent au plus vite la colonie pénitentiaire. Ils y ont été placés pour leur bien. Seuls l'ordre, la rigueur et la discipline permettront de remettre ces éléments dans le droit chemin.

Aël se rappela toutes les horribles scènes de brimades et de violence racontées par Gabriel. Elle revit ses yeux gris emplis de rage quand il évoquait les gardiens. Elle aurait tant voulu être à ses côtés.

Le directeur du bagne donna quelques consignes de sécurité, rappela le montant de la prime et les conditions d'attribution, puis souhaita bonne chance à chacun.

Sous les ordres des gardiens, les participants à la battue se déployèrent sur une ligne imaginaire, espacés les uns des autres d'une dizaine de mètres.

À la gauche d'Aël, il y avait son père. À sa droite, un touriste amusé qui lissait sa barbe dans un sourire de contentement.

– Souviens-toi de ce que je t'ai dit, l'interpella son père. Ouvre bien les yeux !

Au signal, la ligne avança d'un pas lent. En ratissant l'île ainsi, tous les fugitifs seraient retrouvés.

Autour d'Aël, le silence régnait. Chacun était à l'affût pour crier le premier « Vu » et empocher la prime de dix francs. Cette battue ressemblait presque aux jeux de son enfance, frémit Aël.

Plutôt que de chercher à déceler la moindre présence humaine, elle scrutait chaque trou, chaque fossé, chaque buisson, avec l'espoir de parvenir à s'y cacher, pour ensuite filer retrouver ses amis. Mais la distance qui la séparait de ses voisins immédiats était trop faible pour lui laisser le moindre espoir.

À cette heure, elle aurait dû être dans la grotte, attendant l'arrivée du cousin. Au lieu de tenir la main de Gabriel, elle serrait le bâton que lui avait confié son père pour inspecter chaque touffe d'herbe sur la lande.

– Vu ! hurla un homme, avec l'enthousiasme d'un gagnant à la loterie.

Le groupe des gardiens s'élança. Trois minutes plus tard à peine, ils revinrent en tenant fermement un gamin si petit que son crâne rasé n'atteignait pas les coudes de ses cerbères. Il était tout maigre et flottait dans sa tenue pâle.

Une pointe transperça le cœur d'Aël.

LA BARQUE

Afin de ne pas manquer Aël, Gab et Demi-Lune s'étaient de nouveau réfugiés dans la grotte.

C'est là que l'embarcation devait venir les chercher, un jour prochain, pour les emmener sur le continent, leur avait-elle promis

Gab aurait dû se réjouir de cette perspective, mais les événements de la nuit précédente le minaient. La chute mortelle du Cogneur, la capture du Morveux, le sacrifice du Lion. Le destin, même s'il l'avait épargné, s'était une nouvelle fois montré cruel.

– Tu crois qu'Aël reviendra ? demanda Demi-Lune.

Gab prit une profonde inspiration, puis soupira avant de répondre.

– Je ne sais pas, dit-il simplement.

Au fond de lui, il était partagé. Dans ses rêves les plus fous, ils quittaient tous les trois cette île, et parvenaient à gagner Londres où sa sœur les accueillerait. Là, une nouvelle page de sa vie s'écrirait, sur laquelle le mot bonheur aurait enfin sa place.

Mais il craignait aussi pour Aël. Ne courait-elle pas trop de risques en leur venant en aide ? La savoir loin le rassurait. Il ne fallait pas qu'elle ait des problèmes à cause d'eux.

Dans le ciel, le soleil poursuivait sa course. La marée montait. Bientôt elle serait à son apogée.

Songeur, Gab regarda l'ombre d'un nuage glisser sur la surface de l'océan. D'ici peu, celle-ci atteindrait le continent, puis peut-être un jour l'Angleterre.

Ses rêveries l'emportaient quand une barque surgit face à eux. D'un bond, Gad se redressa et entraîna Demi-Lune vers le fond de la grotte, afin qu'ils soient prêts à fuir si la menace se précisait.

Ils entendirent le clapotis sur la coque, ainsi que les coups de rames qui frappaient l'eau. Dans un grincement aigu, la barque toucha les rochers.

– Y a quelqu'un ? lança un homme.

Gab fit signe à Demi-Lune de ne pas bouger.

Le gamin s'était plaqué contre lui. Gab pouvait sentir son souffle sur son bras.

– C'est la mère d'Aël qui m'envoie, ajouta l'inconnu.

À ces mots, Gab se tourna vers Demi-Lune. Une même lueur habitait leurs regards.

– On est là ! s'écria Gab en aidant le gamin à se relever.

En quelques bonds, ils atteignirent le pêcheur.

Celui-ci avait quitté sa barque et foulait le sol de la grotte. Ses cheveux grisonnants dépassaient de sa casquette crasseuse. Son visage anguleux, buriné par le soleil et le vent, était coupé en deux par une moustache fournie qui mangeait une partie de sa bouche.

– Elle m'a chargé de vous conduire sur le continent, expliqua-t-il.

– Aël n'est pas là ? s'étonna Gab.

– Aël ? reprit le pêcheur. Elle a autre chose à faire que de traîner avec vous !

Gab sentit de l'animosité dans sa voix.

– Elle sait que vous êtes venu nous chercher ?

– Sans doute, fit l'homme surpris par la question, puisqu'elle était censée vous prévenir et vous apporter des vivres et des vêtements.

– Alors elle va venir ! dit Gab qu'une joie immense emplissait soudain. Nous devons l'attendre.

Le pêcheur regarda l'océan derrière lui en se grattant la tête.

– Elle viendra, assura Gab.

Une interminable attente débuta, où espoir et crainte prenaient tour à tour le dessus.

Un peu à l'écart, le pêcheur demeurait silencieux. Demi-Lune effectuait des allées et venues entre les deux points d'accès possibles à la grotte, guettant le moindre signe. Quant à Gab, il espérait en silence, déchiré entre son envie de voir Aël pour la remercier et peut-être l'emmener, et le souhait qu'elle demeure à l'écart pour que rien ne puisse lui arriver.

La traversée n'était pas sans danger. Durant ses années passées dans cette colonie pénitentiaire de Belle-Île, Gab avait appris que les tempêtes et les grains pouvaient être soudains et d'une force redoutable.

– Dès que la marée descendra, les courants deviendront si puissants qu'on ne pourra plus gagner le large en direction du continent, annonça l'homme sans quitter l'océan des yeux.

– Combien de temps reste-t-il ? demanda Gab, anxieux.

– Dix minutes, peut-être un quart d'heure.

– Demain, il y aura une autre marée haute, tenta-t-il.

– M'étonnerait que vous soyez encore là demain si j'vous emmène pas, dit le pêcheur en se retournant.

D'un mouvement de menton, Gab l'invita à poursuivre.

– Z'ont organisé une battue pour vous retrouver. Vont ratisser toute l'île. Sera impossible de leur échapper.

Ses propos ramenèrent brutalement Gab à la réalité. Dès l'instant où ils avaient franchi le mur d'enceinte du bagne, ils avaient été traqués comme du gibier qu'il fallait à tout prix reprendre. La traque ne cesserait jamais.

Adossé au rocher, Demi-Lune lui jeta un regard inquiet. Il avait les traits tirés, les yeux cernés par le manque de sommeil et la faim, les cheveux emmêlés.

Son regard glissa de la barque à l'entrée de la grotte. Gab émit un profond soupir.

– Allons-y, lâcha-t-il enfin.

De sa main tavelée, le pêcheur les aida à grimper sur la barque. Alors qu'ils prenaient place, celle-ci tangua. Le pêcheur embarqua à son tour. Il s'apprêtait à défaire le nœud de la corde qui entourait un rocher quand Gab se redressa et bondit hors de l'embarcation.

– Où vas-tu ? demanda le pêcheur avec une pointe d'agacement et d'agressivité mêlés.

– J'en ai pour une minute, clama Gab sans se retourner.

– Une minute, pas plus, sinon je m'en vais ! menaça le pêcheur.

LE SERMENT

– Aïe ! hurla Aël en s'affaissant sur le sol, un masque de douleur sur le visage.

En quelques enjambées, son père effaça la dizaine de mètres qui les séparaient.

Un homme joufflu fit de même, fut le premier à se pencher sur elle.

Outre son costume élégant, sa peau lisse et claire indiquait qu'il s'agissait d'un touriste.

– Que se passe-t-il, mademoiselle ? s'enquit-il avec un accent qui confirmait qu'il n'était pas de l'île.

Ses yeux ronds s'appesantirent avec gourmandise sur la chevelure rousse d'Aël, puis sur sa bouche, sans jamais croiser son regard.

Son père se tenait debout, silencieux.

– Je me suis tordu la cheville.

À regret, les yeux du touriste quittèrent son cou pour gagner l'extrémité de sa jambe.

– Montrez-moi ça, mademoiselle.

Aël écarta ses mains.

– Je suis médecin, annonça-t-il.

Soudain intéressé, son père s'accroupit près d'eux.

Avec la gravité qu'arborent ceux qui se sentent importants, l'homme étira ses doigts et palpa sa cheville.

Dès que son père avisa l'alliance du touriste, il se remit debout, reporta son regard sur les fourrés, puis le laissa courir en direction de la haie qui bordait le champ en contrebas.

Il rageait d'être encore bredouille et s'enfonçait dans un mutisme obstiné à chaque fois qu'un hurlement signalait la présence d'un fuyard et que son auteur empochait la prime de dix francs.

– Rien de cassé ! conclut le médecin d'un sourire. Certainement une légère foulure. Avec un peu de repos, dans huit jours il n'y paraîtra plus.

– Je vais rentrer, annonça timidement Aël.

Contrarié, son père grommela quelques paroles inintelligibles.

– Souhaitez-vous que je la raccompagne ? proposa le touriste qui pensait trouver là une activité plus amusante que cette battue.

– Elle se débrouillera très bien toute seule, rétorqua son père.

Soulagée, Aël se redressa et mit le sac de toile sur son épaule.

– Laisse-moi le saucisson et le jambon, lui intima son père. Avec un casse-croûte dans les mains, les autres seront moins attentifs et c'est moi qui empocherai les primes.

Aël s'exécuta et quitta le champ pour prendre en boitant la direction du chemin. Dans son dos, la meute des honnêtes gens avait recommencé à battre les bois et les taillis. Les fugitifs qui parviendraient à s'échapper tomberaient sur un rideau de gardiens postés un peu plus loin, lui avait expliqué son père plus tôt.

Une fois la campagne ratissée, les plus acharnés fouilleraient une à une les grottes des falaises. Avant demain, tous les fuyards seraient repris.

Quand Aël fut hors de vue, elle cessa de boiter et s'élança vers la côte.

Le ciel avait désormais la couleur des yeux de Gab. Bientôt, il pleuvrait.

Combien de temps avait-elle perdu dans cette battue ?

« Trop », se dit-elle sans chercher à en mesurer la durée tant la réponse l'effrayait.

Elle s'en voulait de ne pas avoir simulé sa blessure plus tôt. Tels des oiseaux malfaisants, les conséquences de son manque d'audace et de lucidité tournoyaient dans son esprit.

Si les garçons l'avaient attendue, ne serait-il pas trop tard pour prendre la mer ?

Elle repensa aux chasseurs. Ils seraient bientôt là.

Si Gab et ses amis retournaient au bagne, ne se transformeraient-ils pas en bêtes sauvages, au contact des assassins qui y étaient incarcérés ?

Cette idée la terrifiait.

Elle serra les dents, continua sa course éperdue.

Aël était à bout de souffle.

Sur sa droite elle vit l'océan, chercha du regard une embarcation, n'en distingua aucune. Cela devait-il la rassurer ?

Elle ne savait plus que penser.

À l'approche de la grotte, elle sentit son cœur accélérer, son souffle se raréfier.

Elle s'agrippa à la falaise, chercha des appuis de ses pieds tremblants. Ses doigts accrochaient les prises de manière mécanique. Son esprit était troublé.

En bas, les vagues grondaient. À la couleur sombre des rochers, elle comprit que la marée avait entamé sa descente. Elle se remémora la consigne de sa mère, sentit des larmes brûlantes mouiller ses yeux.

Quand Aël pénétra dans la grotte, elle tenait à peine debout.

Le lieu était vide.

Ce constat lui arracha un cri qui résonna sans fin sous la voûte de pierre.

La tête dans ses mains, elle tomba à genoux, se mit à pleurer. Sans qu'elle ait pu l'accompagner, ni lui dire tout ce qu'elle ressentait, Gabriel était parti.

Cette battue l'avait empêchée de voguer avec lui vers une nouvelle vie. Elle se retrouvait seule et, dès ce soir, son père redonnerait un tempo sinistre à son existence.

Une extrême lassitude l'envahit.

D'un regard, Aël détailla la grotte et plongea dans un tourbillon de souvenirs. Elle se revit serrant le petit Antoine contre elle pour l'aider à se calmer. Elle repensa au sourire timide du Lion, alors qu'il lui livrait son prénom. Léon.

Elle ressentit la joie qui les avait traversés quand elle était revenue avec des vivres et l'annonce de l'arrivée prochaine d'un bateau pour le continent. Paul l'avait entraînée dans une danse folle.

Aël ferma les yeux. La seule image qu'elle souhaitait désormais conserver était celle de Gabriel. Ils s'étaient à peine vus, à peine connus et pourtant. Le lien qui la reliait à lui était si puissant.

Était-elle condamnée à vivre, tout comme sa mère, dans un perpétuel vertige de nostalgie ?

Cette perspective l'effraya et lui tira un sanglot. Elle posa alors son regard sur l'océan, prit une longue inspiration. L'air frais du large eut l'effet d'une caresse apaisante, puis le chagrin l'accabla de nouveau.

Elle demeura ainsi sans bouger, les yeux perdus sur cette immensité bleue qui lui parut soudain hostile.

Sous l'effet du vent, des rubans de dentelle blanche se formaient çà et là, comme autant de mouchoirs mouillés de larmes.

Elle regarda sans le voir le ballet des oiseaux.

Quand la pluie commença à tomber, elle se remit à trembler de froid. Elle entoura son corps de ses bras, le serra de toutes ses forces.

Les nuages avaient envahi le ciel. La nuit bientôt tomberait.

Aël se leva, gagna d'un pas mécanique le fond de la grotte.

Sur la dalle qui menait à l'étroit passage rejoignant la falaise un peu plus loin, son regard accrocha un morceau de papier. Elle le saisit. Une carte postale ! Ses bords étaient rongés par l'usure.

Fébrile, elle la retourna.

L'image représentait une tour de pierre grise, au sommet de laquelle flottait un drapeau.

Au dos, elle parvint à grand-peine à déchiffrer la légende. Deux syllabes claquèrent dans son esprit : *Londres*.

Des larmes plein les yeux, elle plaqua la carte contre son cœur, eut l'impression qu'elle lui tenait chaud.

Gabriel venait de ressurgir du néant. Il avait déposé là à son intention ce qu'il avait de plus précieux.

Aël sentit une force nouvelle renaître en elle, doublée d'une furieuse envie de se battre.

Un jour, bientôt, elle quitterait cette île, décidée à s'accrocher, envers et contre tout, à l'espoir insensé de retrouver Gabriel.

Elle s'en fit le serment.

Le morceau *To warn the world* d'Armand Amar
tiré de l'album *Rétrospective*
m'a accompagné en boucle tout au long
de l'écriture de ce récit.

L'interprétation du poème
La chasse à l'enfant de Jacques Prévert,
par Marianne Oswald,
a aussi été très présente.

Cette histoire est tirée de faits réels, qui se sont déroulés à Belle-Île-en-Mer en août 1934.

Après qu'un des pensionnaires eut été tabassé par les gardiens au motif qu'il avait enfreint le règlement en mordant dans son fromage avant de manger sa soupe, les jeunes bagnards se sont révoltés. Cinquante-cinq d'entre eux ont réussi à s'enfuir. Dans la réalité, tous ont été repris et ont reçu une sévère correction.

Hormis ce point, le roman est parfaitement fidèle à la réalité.

Entre 1850 et 1945, de Belle-Île à Marseille, de Tours à Rodez, plus de soixante-dix colonies pénitentiaires, plus communément appelées « bagnes d'enfants », ont accueilli entre mille et trois mille enfants par an, âgés de 8 à 21 ans.

Il y avait des colonies agricoles, mais aussi des colonies maritimes, censées apprendre les métiers liés à l'agriculture pour les unes, à la mer pour les autres.

L'immense majorité de ces colons – c'était le nom qu'on leur donnait – étaient orphelins ou enfants illégitimes et avaient connu l'Assistance publique dès leur plus jeune âge, les familles d'accueil – qui les prenaient souvent pour de la main-d'œuvre corvéable à merci –, la violence puis l'errance.

D'autres étaient livrés à eux-mêmes par des familles défaillantes et hantaient les rues, vivant de rapines. C'étaient des vagabonds.

Afin de limiter pour l'État le coût de la construction et de l'achat des terres, l'immense majorité de ces colonies était privée, tenue par de riches propriétaires ou par des congrégations religieuses.

Faute de contrôles suffisants, ce qui semblait être une idée positive au départ, celle d'éduquer et d'apprendre un métier à des jeunes jugés en perdition, s'est rapidement transformé en effroyable machine à broyer.

Face à la déferlante de violence et aux privations, dont beaucoup sont morts, les enfants n'avaient bien souvent qu'un seul choix : la fuite.

D'autres « chasses à l'enfant » se sont déroulées ailleurs qu'à Belle-Île, suite à des émeutes ou à des évasions. À chaque fois, une prime était offerte à qui ramènerait un fuyard.

Pour mesurer la valeur de cette prime de 20 francs, voici quelques repères : en 1934, un ouvrier était payé 38 francs par jour, l'essence valait 2 francs le litre et le journal coûtait 25 centimes.

De nombreuses voix se sont élevées pour dénoncer les conditions de vie désastreuses de ces jeunes, la violence, la malnutrition et les abus fréquents. Des journalistes, tel Alexis Danan, ont mené de grandes campagnes de presse pour alerter et sensibiliser l'opinion. Le poète Jacques Prévert aussi qui, après cette évasion d'août 1934 au bagne de Belle-Île, a écrit un poème, *La chasse à l'enfant,* dont on peut trouver sur Youtube la poignante interprétation de Marianne Oswald.

Il faut attendre 1945 pour que l'administration assouplisse le régime de détention, qui devient plus éducatif que répressif.

L'institution de Belle-Île-en-Mer ferme définitivement le 1er septembre 1977.

Jean-Christophe Tixier

Du même auteur

La Traversée

Jeune Africain, Sam voyage à bord d'un bateau de migrants : destination l'Europe. Pour tout bagage, lui et ses compagnons emportent des souvenirs des visages de leurs proches, une médaille offerte par une petite sœur ou un gri-gri.

Partir.

Construire un ailleurs. Tous en ont rêvé.

Ils tentent d'y croire encore, tandis que la mer grossit.

Soudain, la tempête éclate...

Foulée d'enfer

Alex s'inquiète des dérives de son père impliqué dans la milice de quartier dirigée par l'obscur Menello. Quand Omar, le coach d'Alex, est accusé par la police, il tente tout pour le disculper.

Sept ans plus tard

Lors d'une réunion d'anciens élèves, rivalités et inimitiés resurgissent. Anthony, qui se vante d'être devenu un caïd, semble décidé à gâcher la fête…

LES INITIÉS

Les Initiés - Une trilogie de fantasy

Tomas, Lylas et le peuple de l'ombre doivent unir leurs forces pour défendre leur liberté face aux terrifiants Rogons…

**Tomas
et le réseau invisible**

**La promesse
de Lylas**

**Fugitifs
dans la nuit**

Remerciements

À ces dizaines de paires d'yeux qui ont suivi l'écriture de ce roman par-dessus mon épaule, de lecteurs répartis partout en France, de passionnés, de curieux, d'apprentis auteurs, vous tous qui m'avez fait part de vos idées, de vos remarques et de vos émotions. Vous, tous les participants à cette aventure partagée que fut ce feuilleton des Incos, vous qui fûtes les premiers lecteurs de ces pages : MERCI.

L'AUTEUR

Jean-Christophe Tixier est né en 1967 à Pau, où il a grandi et vit toujours. Il a enseigné l'économie, formé des jeunes en difficulté, réalisé des sites internet et fait une multitude de métiers. Il a longtemps exploré les méandres de l'imagination et de l'écriture, certain de finir par trouver une machine à rêves.

Après la publication de nouvelles et d'un roman policier pour adultes, il se lance dans la littérature jeunesse.

Il partage son temps entre l'écriture de romans et de pièces radiophoniques sur France Inter, l'organisation à Pau d'un salon polar intitulé *Un Aller-Retour dans le Noir*, la direction d'une collection de nouvelles, les voyages, les rêveries, les dîners entre amis et les rendez-vous avec ses lecteurs. Autant de prétextes aux rencontres…

Vous pouvez le retrouver sur :
www.facebook.com/Tixier.JeanChristophe

Le feuilleton des Incos

Proposer aux jeunes lecteurs de pénétrer dans les coulisses de la création d'une histoire. C'est cette idée, à la fois simple et novatrice, qui est à l'origine du feuilleton des Incorruptibles.

Pendant plus de douze semaines, des groupes de lecteurs ont entretenu une correspondance personnalisée avec Jean-Christophe Tixier.

L'objet de ces échanges ? Un texte posté tous les quinze jours chapitre par chapitre par l'auteur, passablement anxieux à l'idée d'être soumis aux jugements décomplexés des jeunes.

Le résultat ? Une histoire commentée et questionnée par deux cent cinquante lecteurs, aussi curieux qu'impitoyables, et autant de débats et échanges, questions existentielles et interrogations futiles, mots doux et bons mots…

Avec la complicité des éditions Rageot, le texte a été travaillé comme un manuscrit traditionnel avant de prendre le chemin des presses. C'est une aventure où l'intime et le collectif se conjuguent et se répondent pour désacraliser l'acte d'écriture, comprendre le processus de publication d'un texte, inciter à la lecture, encourager la réflexion, tisser des liens privilégiés avec un auteur et, pourquoi pas, susciter des vocations...

Association Le Prix des Incorruptibles
13 rue de Nesle
75006 Paris
01 44 41 97 20
www.lesincos.com

Groupes de lecteurs participants

Les 4e E du collège Jean-Moulin de Saint-Michel-sur-Orge (91)

Les 4e A du collège Jean-Moulin de Saint-Quentin (02)

Les « Serial lecteurs » de l'école Notre-Dame-Sainte-Sophie au Luxembourg

Les 4e D du collège Langevin-Wallon de Blainville-sur-Orne (14)

Le groupe « Open Mind Lecture » du collège Saint-Dominique de Pau (64)

Les 4e C du collège Saint-Dominique de Guingamp (22)

Les 4e du collège L'Eau Vive de Breil-sur-Roya (06)

Le groupe « Passion lecture à Saint-Alyre » du collège Saint-Alyre de Clermont-Ferrand (63)

La classe de 4e 3 du collège Jacques-Prévert à Marseille (13)

Les 5e CSPF du collège Saint-Bertulphe de Fruges (62)

Les 4e 5 du collège de L'Arc de Dole (39)

Le Club lecture du collège Jacques-Prévert d'Albens (73)

Le Club lecture du lycée professionnel agricole de Caulnes (22)

Les élèves de 404 du collège Madame-de-Sévigné de Perpignan (66)

Les 4e B du collège Aturri de Saint-Pierre d'Irube (64)

RAGEOT s'engage pour l'environnement en réduisant l'empreinte carbone de ses livres.
Celle de cet exemplaire est de :
650 g éq. CO_2
Rendez-vous sur
www.rageot-durable.fr

PAPIER À BASE DE FIBRES CERTIFIÉES

Achevé d'imprimer en Italie en octobre 2017
chez Grafica Veneta
Dépôt légal : mars 2016
N° d'édition : 6588 - 04